BBULMEDIA

http://www.bbulmedia.com

라
자
린

라자린

1
다섯의 의미

거해 판타지 장편 소설

BBULMEDIA FANTASY STORY

contents

신성한 제르 호바.
자비로운 일라신.
화염의 라흐다.
차가운 레스모이.
총명한 탄타쿨.
용감한 베텔기우스.
울지 않는 세미토우르.

그리고…….
나는 이들의 아버지이자, 만물의 창조주.

전능한 자린.

1장

시론 최후의 날

RAJA RIN

……해서 육지와 바다는 검은 열기로 뒤덮였다.

누미비아의 어부들은 그들의 의무를 다하지 못함을 원망스러워했고, 볼란의 기름진 대지에서 썩어 문드러진 호박을 바라보는 농부들의 눈에 눈물이 맺혔다.

피난민들의 행렬은 엘 카로 산맥의 구불구불한 길을 따라 왕궁을 향해 끝없이 이어졌다.

남부의 얼음이 그분의 숨결로 인해 녹아 사라지고, 신성한 이의 육중한 걸음은 팔십여 도시를 몰락케 했다.

무엇이 신성한 이의 분노를 이끌어 냈는지…….

틱.

크로우펜이 부러지며 머금었던 먹물이 사방으로 튀었다.

펜의 주인은 얼굴에 튄 먹물을 닦지도 않고, 이제는 제 존재가치를 상실한 도구를 말없이 바라보았다.

"흠……."

주름진 눈가에 달라붙은 피로로 인해 꽤 초췌해 보이는 노인.

뒷머리 부분만 살짝 덮은 후드와 실크 빌로드 재질의 의복은 노인의 고귀한 신분을 짐작케 해 준다.

"여기까지인가."

노인의 주름 가득한 손이 무언가를 쓰던 두꺼운 책을 조용히 덮었다.

끼이이익.

노인이 잠시 감았던 눈을 떴다.

그의 눈은 권좌 멀리서 들어오는 빛에 잠시 찡그러졌다.

철컥, 철컥.

양쪽에 늘어선 이십 개의 화강석 기둥을 지나 노인을 향해 다가오는 남자.

은빛으로 빛나는 화려한 갑옷에서 쇠가 마찰하고, 왕국의 상징인 시론의 새를 수놓은 붉은 망토가 그의 걸음을 따라 출렁거렸다.

"렉시우스."

노인의 입에서 사내의 이름이 나왔다.

"중부의 지배자시며, 오왕국의 통치자이시고, 아홉 자치령의 보호자요, 몰루크의 승통⋯⋯."

"아, 그만 되었네. 이제 남은 것은 없지 않은가."

왕을 대할 때 의례적으로 읊어야 하는 축언을 중지시킨 노인이 렉시우스를 향해 가까이 오라 손짓했다.

노인의 이름은 에드문트 라 포이젤 4세.

트라린 대륙 최대의 왕국, 시론의 왕이다.

"그래, 하늘은 맑아졌는가."

"더없이 화창하나이다."

"요 며칠 저 문을 통해 나갈 일이 없었다네. 흐린 하늘을 보기 싫었던 게지."

렉시우스는 한쪽 무릎을 꿇고 고개를 숙인 채 포이젤 4세의 말을 듣기만 했다.

"끄응, 나 좀 부축해 주겠나?"

"기꺼이."

두 사람은 긴 회랑을 따라 빛이 보이는 곳까지 걸었다.

오랫동안 거동을 하지 않았는지 포이젤 4세의 걸음이 무척이나 부자연스럽다.

"시원하군."

어느새 왕국의 수도인 아르 시론 전체를 한눈에 굽어볼 수 있는 성벽 입구에 이른 두 사람.

"……전하를 위해 하늘도 축복을 주시는 것이 아니겠습니까."

렉시우스는 입으로 축복을 말하고 있지만, 결코 그것이 아님을 서로가 잘 안다.

늙은 왕의 시선이 푸른 하늘에서 도시를 가로지르는 수로를 거쳐 멀리 보이는 농토에 닿았다.

"평화로워. 영원히 그대로일 것처럼."

"선대왕들께서 이룩하시고, 전하께서 지켜 오신 평화이옵니다."

"자네 아버지와 형제들의 죽음으로 지켜 온 것이라네. 수없이 많은 백성들의 피 또한 바쳐졌고."

마지막으로 포이젤 4세의 눈은 셀 수 없을 만큼 많은 건물에서 빠져나오는 수도 시민들의 모습에 고정되었다.

감당할 수 없는 두려움에 떨며 북쪽 성벽으로 끝없이 이동하는 그들을 바라보는 늙은 왕의 얼굴에는 비탄이 감돌았다.

"하지만 이것은 평화가 아니지……."

아직 왕의 눈이 어둡지 않음을 안 렉시우스가 입을 꾹 다물었다.

"어떻게 되었나."

"……세 개 기사단과 열두 보병대, 이름난 도기 용병단의 활약은 정말 눈부셨습니다. 그들의 용맹은……."

"결과만 말해 주게나. 내 이 심장은 그 무엇으로도 쉬이 멈추지 않는다네."

"그분께서…… 오시기 전까지만 해도 최후의 승리는 우리 것으로 보였습니다."

"전멸이로군."

예상했던 바였다.

남부 팔십여 도시와 왕국을 수호하는 절대의 방어 요새 켄릴을 함락시킨 존재는 더러운 배신자들과 녹터널 헌터들, 늪의 요정들과 푸른 산호섬의 해적들일 것이다.

그리고…… 인간의 스승이었던 신성한 이.

거기에 더해 그분을 아버지로 여기던 신룡족, 아니, 이제는 흑룡족이라 불러야 할까.

"왕국 수비대 전원이 파란티데 평원에서 결전을 준비하고 있습니다. 그들의 가슴은 전하를 향한 충성과 왕국을 지키겠다는 굳은 의……."

"다들 물리게나."

"예에?"

"불필요한 죽음은 남은 자들의 마음에 상처를 남기지."

"하오나, 전하."

"내 백성들의 안전을 그들에게 맡기게. 그것이 진정 왕국을 위한 길이야."

"……."

우르릉.

파란티데 평원 너머에서 거대한 먹구름과 함께 천둥이 울부짖는 소리가 울렸다.

렉시우스는 어찌할 바를 모르고 포이젤 4세의 얼굴과 먹구름을 번갈아 볼 뿐이었다.

"드래곤 브레스……. 그분께서 직접 오시는 모양이로군."

포이젤 4세의 눈동자가 심하게 떨리기 시작했다.

두려움일까.

아니면 변해 버린 스승을 두 눈에 담아야 한다는 아픔일까.

"렉시우스 미나투르 폰테우스."

척!

국왕이 근엄한 목소리로 이름을 부르자 렉시우스는 저도 모르게 부동자세를 취했다.

"그대에게 수비대, 아니지, 호위대를 총지휘하여 시민들을 북쪽 끝 용암의 바다로 인도하길 명하노라."

"저, 전하."

이건 아니다.

누구보다 왕국과 국왕에게 충성을 바쳤던 렉시우스는 죽음으로 그것을 증명코자 했었다. 하지만 포이젤 4세는 지금 렉시우스에게 생존을 명한다.

눈앞에 국왕의 죽음을 보고 있어야 한다니, 그에게 더할 수 없는 비참함이자 모욕이자, 견딜 수 없는 좌절감을 선사할 것이 분명했다.

하나 주군께서 그리길 원하신다.

……자신은 신하. 명령하는 이는 자신의 왕.

"왕으로서 마지막 명령이네. 더 할 말이 있는가."

철커덕, 풀썩.

렉시우스는 국왕의 면전에 엎드려 격하게 흐느낄 뿐.

"이보게."

"흐윽…… 말씀하소서."

"가는 길이 꽤 험난할 터, 자네에게 선물을 주고자 하네."

"선물…… 이라시면."

국왕의 얼굴에 살짝 편안함과 더불어 미소가 잡혔다.

"호난의 태양과 아슐라탄의 창."

고개를 든 렉시우스의 눈이 더 이상 커질 수 없을 만큼

뜨였다.

"오왕국의 멸망과 함께 사라지기에는 너무 아까운 것들이라네."

"전하! 제가 어찌 감히……."

"되었네. 이제 자네가 주인이야. 나의 손을 부끄럽게 하지 말게나."

오열하는 렉시우스의 등을 다정하게 토닥거리는 포이젤 4세의 눈에도 눈물이 맺혔다.

뚜벅, 뚜벅.

어두컴컴한 회랑을 지나는 규칙적인 발소리.

마치 꺼져 가는 심장의 느릿한 박동 소리를 상징하듯 길고 우울하게 울려 퍼졌다.

거의 하루가 지났다.

이제 이 화려했던 도시에 남은 인간은 국왕을 제외하고 아무도 없었다.

끔찍이도 아꼈던 왕자들과 공주들, 왕후와 비빈들 모두 사라졌다.

자식들 대부분은 신성한 이의 분노가 세상을 향한 그때, 대륙의 남쪽 지방 인간들과 더불어 죽음을 맞이했다.

역대 왕들과 그 형제들이 그러했듯 신성하고 자비로우며

총명한 이들 아래에서 고귀한 가르침을 받고 있었기 때문이리라.

홀로 원형의 계단을 올라 왕궁 꼭대기까지 올라간 포이젤 4세는 창을 통해 들어오는 바람이 노쇠한 몸에 흐르던 땀을 식혀 주는 것을 느꼈다.

"하아……."

어느새 검은 안개가 도시를 뒤덮었다.

하늘을 가렸던 먹구름은 안개가 되어 지상에 흐르고, 그에 닿은 모든 것들이 부식되어 무너져 내렸다.

아득한 고대의 학자들과 마법사들의 기록으로만 전해지던 용의 숨결.

긴 세월 동안 그 숨결은 축복과 번영의 상징이었으나 이제는 멸망이라는 이름이 되었다.

왕궁 아래까지 흘러온 검은 안개가 벽을 타고 서서히 높이 솟은 첨탑 근처까지 올라왔다.

트득.

와그작.

단단한 돌 벽이 조금씩 흔들렸다.

몇 번의 진동에도 불구하고 포이젤 4세는 안개 속에 웅크리고 있는 무언가에서 시선을 돌리지 않았다.

"위대하신 분…… 정녕 당신이십니까."

어둠 속에서 두 개의 붉은 점이 강렬한 빛을 발했다.

"헤아리기조차 힘든 세월. 인간과 요정의 역사를 이끌어 오신 스승이셨고, 만물에 질서를 부여하신 조정자였으며, 용암의 바다 너머 죽지 않는 자들로부터 대륙을 보호해 오신 당신이 맞으십니까?"

그르릉.

창에 찔려 신음하는 사자의 슬픈 울음과 같은 소리가 안개를 뚫고 들려왔다.

"신성한 아르 호바. 꺼지지 않는 하얀빛의 수호자시여."

아르 호바.

그들 용족의 언어로 '아르'는 백룡을 뜻한다.

그리고 이곳 아르 시론은 유일한 백룡 아르 호바를 기리기 위해 건설된 도시.

"당신을 칭송하고 당신을 위해 명예로운 삶을 살아온 우리입니다. 대체 무엇이, 누가 당신에게 우리의 멸망을 바라도록 만들었습니까!"

순간, 수억 마리의 코끼리가 동시에 울부짖는 듯한 괴성이 도시를 강타했다.

위태하게 유지되던 건물들이 형체도 없이 붕괴되고, 철과 돌로 지어진 왕궁도 곳곳에 균열이 가기 시작했다.

드래곤 로어.

용의 포효는 반경 10㎞에 달하는 도시를 단번에 흙더미로 만들었다.

그러나 기이하게도 왕궁은 끝끝내 무너지지 않았다.

찬란했던 수도가 폐허로 변하는 것을 지켜보는 포이젤 4세의 얼굴은 비통함으로 가득했다.

번쩍! 콰쾅!

검은 안개 속에서 천둥과 번개가 몰아쳤다.

잠시 후, 숨결을 헤치고 공포가 다가왔다.

도마뱀을 연상시키는 머리.

붉게 찢어진 두 눈에서는 열기가 흐르고, 잔뜩 일그러진 피부를 따라 푸른 액체가 뚝뚝 떨어졌다.

길게 튀어나온 아가리는 인간 남성 오십 명을 거뜬히 물어 죽일 수 있을 만큼 컸으며 그 사이로 수백 개의 날카로운 이빨이 누런 침을 머금고 있었다.

검은 숨결을 흐트러뜨리며 다가온 어마어마한 용의 위용에 포이젤 4세의 얼굴이 창백해졌다.

형용할 수 없는 공포에 잠식당한 국왕의 눈에서 눈물이 흘렀다.

극도의 두려움 속에서 온몸에 경련을 일으키고 있는 포이젤 4세였지만, 그는 끝까지 넘어지지 않고 용의 붉은 눈을 똑바로 바라보았다.

─무엇이…… 누가라고 했는가…….

용의 목소리가 머릿속에서 울렸다.

─나를, 우리를 파괴자로 각성케 한 존재는 너희들이니라.

"압니다! 알아요! 당신께서 주셨던 사랑과 가르침을 보존치 못하고 작은 욕망에 눈이 멀어 전쟁과 다툼을 일삼던 우리였습니다. 하지만…… 그러한 것들을 방관해 오신 분도 당신이십니다!"

─어리석고 가련하도다……. 나의 제자이자, 친구였던 에드문트여. 그것은 방관이 아니었도다. 기회이고 기다림이었나니.

"기회이고 기다림이라니요?"

─너희의 지혜로, 너희의 의지로 전능한 자린께 닿을 수 있었던 기회. 그리고 그것을 지켜본 우리의 기다림.

"하, 하하, 우하하하하하!"

포이젤 4세가 미친 듯이 웃었다.

그러나 그 웃음 속에 스민 비애는 간장이 찢어질 듯한 아픔을 전해 왔다.

"수천 년을 기다리셨던 아르 호바여. 인내의 세월이 너무나도 힘드셨습니까.”

—우리 또한 그 기다림 속에서 깨달았기 때문이다.

“무엇을?”

—…….

아르 호바의 붉은 눈이 서서히 식어 갔다.

마치 인간의 것과 같은 검은색 동공을 드리우며 용은 천천히 눈을 감는다.

“이 땅의 인간을 지우고, 모든 대륙의 생명체를 말살하셔야 할 만큼 큰 깨달음을 얻으셨습니까? 모든 생물들이 두려워하며, 지혜로웠던 이들은 당신을 원망하고 있습니다. 그 모든 것을 감당할 만큼 당신은 커다란 지혜를 얻은 것입니까?”

포이젤 4세가 절규했다.

“틀렸습니다! 지금의 당신은 한 마리 미친 마수일 뿐, 깨달음을 얻은 현자의 모습이 아니오!”

—친구여…….

포이젤 4세는 문득 용의 숨결에서 예전의 따뜻함을 느꼈다.

—헛된 욕망의 그늘 안에서 태양을 거부했던 인간들이여. 우리가 지은 죄의 대가로 탄생한 허물들이여.

“죄의 대가? 허물? 세상 만물을 부정하시는 겁니까? 지혜로운 하얀 용, 아르 호바시여!"

—난…… 제르 호바. 이 땅에 존재하는 유일한 흑룡이라.

스스로 검은 용을 뜻하는 '제르'라 칭함으로써 신성한 용은 세상을 향해 전쟁을 선포했다.

화아악!

제르 호바의 눈이 다시 붉게 타오르고.

수백 개의 이빨이 갈리며 그 사이로 불길이 튀어나왔다.

포이젤 4세의 눈에 제르 호바의 머리가 멀어지는 것이 보였다. '

그리고.

심연의 동굴과도 같은 어둠 아래에서 화염이 맴도는 광경을 보았다.

늙은 왕은 눈을 감았다.

이글거리는 드래곤 블레이즈.

그 초열의 지옥을 시작으로 문명은 사라지고 암흑만이 남았다.

2장
죽음이 주는 경고

RAJA RIN

신성한 백룡, 아르 호바가 인류와 모든 자연물에게 선전
포고.

이유를 알 수 없는 그의 진군으로 단 하루 만에 시론 오
왕국 중 하나인 남부의 엘 카로는 잿더미로 변함.

아르 호바와 함께 트라린 대륙을 관할하던 자비로운 일
라신과 총명한 탄타쿨도 인류에게 등을 돌림.

지고한 고대용들을 따르던 신룡족은 그들 스스로 흑룡족

이라 칭하며 군대를 소집.

강인한 엘 카로의 수호 기사들과 정예병들, 막강한 마법사들이 녹터널 헌터가 되었고, 대지와 숲, 얼음의 요정들 전체가 늪의 요정들로 변모함.

푸른 산호로 가득했던 해양 국가 오르시는 나라 전체가 시론을 배신하고 해적이 되었음을 선언.

7일 후, 남부의 40여 도시 몰락.

멸망 1년.

레스모이가 차가운 입김을 드리우는 달.

900만에 이르는 암흑 군대가 조직.

엘 카로의 검은 마법사 롱 버트, 오르시의 해병 총사령관 토타르퍼스, 발타나의 왕자 노림, 츠카이오 제일의 마검사 헤싸카.

친구이자 경쟁자였던 네 명의 초인들은 제렌 디스—흑룡의 종복—라는 이름으로 뭉쳐 암흑 군대를 담당.

암흑 군대 중 600만은 트라린 대륙에, 나머지 300만은 다른 세 개의 대륙으로 흩어짐.

각 대륙에 머물던 나머지 고대의 용들, 아르 호바에게 호응하여 지상에 현신. 대륙을 건너온 암흑 군대와 합류하여 인류 문명을 파괴하기 시작.

멸망 1년.
탄타쿨이 별을 바라보는 달.

그 존재 목적이 불분명했던 방어 요새 켄릴, 열흘 만에 함락.

이때까지 왕국 시론이 보유했던 병력의 8할이 산화.

왕국의 수비 대장 폰테우스는 남은 병력을 규합해 파란 티데 평원에서 최후의 결전을 준비.

멸망 2년.
자린이 미소 짓는 달.

시론의 국왕, 포이젤 4세. 항전을 포기하고 남은 국민과 병사들을 북부로 피신시킴.

왕국의 보물 호난의 태양과 아슐라탄의 창―또는 검―이 폰테우스에게 수여됨.

같은 달, 시론 멸망. 동시에 백룡 아르 호바는 흑룡 제르 호바로서 세상에 군림.

멸망 2년.

아르 호바가 지혜를 전하는 달.

모든 대륙들에 걸쳐 인간이 이룩했던 문명의 9할이 사라짐.

화염의 라흐다, 차가운 레스모이가 트라린 대륙으로 군대를 이끌고 이동.

울지 않는 세미토우르, 그녀가 지배했던 대륙 이라스에서 인간의 잔여 세력에 최후 통첩을 보냄. 이때 북쪽에서 미묘한 움직임이 감지됨.

멸망 2년.

라흐다의 불이 한풍을 잠재우는 달.

용감한 베텔기우스, 처음으로 진격을 멈추고 제르 호바의 뜻을 거부함.

분노한 제르 호바가 베텔기우스를 호출하였으나 이 또한 거부.

암흑 군대가 트라린 대륙 중부와 북부를 나누는 거대 산맥, '춤추는 뱀' 근처에 주둔을 시작.

자비로운 일라신이 제르 호바에 반기를 들고 춤추는 뱀 산맥 북부로 피신.

그곳에서 저항군을 이끌던 폰테우스에게 용언을 가르침.

얼마 후, 폰테우스가 인간 최초로 흑룡족의 장군을 격살하여 드래곤 슬레이어라 불림.

그리고…….

이라스 대륙 북부에서 그들이 나타남.

이제껏 사태를 관망하던 '죽지 않는 자들'이 용암의 바다를 넘어와 세미토우르의 군대와 격전을 벌임.

엄청난 군세와 무력을 과시하며 순식간에 암흑 군대를 남쪽으로 밀어냄.

인류의 잠재적인 위협으로 규정되었던 그들이 왜 인류를 위해 제르 호바의 암흑 군대에 공격을 가했는지는 불명.

멸망 2년.
세미토우르가 비를 내리는 달.

죽지 않는 자들, 이라스 대륙을 점령. 세미토우르와 암흑 군대는 트라린 대륙으로 물러남.

그리고 같은 공격이 트라린 대륙을 제외한 나머지 2개 대륙에서 벌어짐.

베텔기우스, 죽지 않는 자들과 전쟁을 포기하고 잠적. 그에게 속해 있던 제렌 디스인 헤싸카는 남은 병력을 이끌고 트라린 대륙으로 후퇴.

제르 호바, 고대용으로 현신하여 죽지 않는 자들의 땅으로 떠남.

전권을 위임받은 라흐다, 전군에게 북부로 진군할 것을 명령.

멸망 2년.

일라신이 수확의 기쁨을 노래하는 달.

암흑 군대가 산맥을 넘기 직전.

용감한 베텔기우스, 완전 무장한 중간체로 현신하여 암흑 군대의 앞에 재등장.

푸른 용은 수백만 군세와 홀로 대적해 전멸에 가까운 피해를 입혀 그 용맹함을 세상에 과시.

그러나 마지막 결전의 장소인 포트 할라드에서 레스모이와 긴급히 투입된 세미토우르의 손에 죽음을 맞이함.

왜 베텔기우스가 일라신의 편에 섰는지 그 이유는 불명.

멸망 2년.

레스모이가 차가운 입김을 드리우는 달.

일라신, 시론의 잔존 세력 및 북부인 전체를 모아 반격을
시도, 춤추는 뱀 산맥 전역에서 대전투를 벌임.

전술적 후퇴를 통해 암흑 군대를 북부의 초원과 열대우
림 지역으로 끌어들인 뒤, 결국 전략적 승리를 얻어 냄.

암흑 군대, 산맥 이남으로 후퇴. 이후, 춤추는 뱀 산맥은
자비로운 용의 이름을 따서 일라시니아 산맥이라 불림.

암흑 군대가 패배하였음에도 제르 호바는 돌아오지 않음.

멸망 2년.

탄타쿨이 별을 바라보는 달.

트라린 대륙 외, 전 대륙에서 암흑 군대의 자취가 완전히
말살됨.

동시에 죽지 않는 자들, 더 이상 개입을 멈추고 그들의
땅으로 돌아감.

세미토우르는 베텔기우스에게 입은 상처를 회복하지 못

하고 사망. 스스로 목숨을 끊었다는 설이 유력.

드래곤 하트가 부서지지 않는 한, 용은 생명이 다하지 않는다는 것이 정설이기 때문.

전열을 가다듬고 다시 침략을 시도하던 레스모이.

잠시 전투를 멈추고 일라신과 회담 중 느닷없이 본체로 현신해 버린 일라신이 그에게 드래곤 블레이즈를 쏟아 냄.

레스모이 전사.

이후 암흑 군대는 남쪽으로 끝없는 후퇴를 시작함.

멸망 3년.

자린이 미소 짓는 달.

화염의 라흐다, 후퇴 중 행방불명.

전쟁에 직접 참여하지 않고 남부에 머물던 총명한 용, 탄타쿨에게 자동적으로 군권이 넘어감.

탄타쿨, 암흑 군대의 패배를 선언.

더불어 전군에 해산을 명함. 전쟁의 종식이 가까워 옴.

이에 반발한 제렌 디스 롱 버트와 헤싸카, 노림은 병력을 수습해 얼음 대지 경계에서 전열을 가다듬고 중부로 진격을 준비.

이는 흑룡족이라 불리던 드래곤들 대부분이 베텔기우스

에게 참살당했기에 인간인 제렌 디스들의 위상이 커진 결과 였음.

전쟁에 회의적이었던 제렌 디스 토타르퍼스는 이때 종적이 묘연해짐.

탄타쿨, 일방적으로 암흑 군대를 공격.

고대용으로 현신한 탄타쿨, 종전을 거부하고 반항하는 암흑 군대 전체를 녹여 버림.

세 명의 제렌 디스들, 간신히 살아남아 얼음 아래로 피신.

멸망 3년.
아르 호바가 지혜를 전하는 달.

흑룡 제르 호바, 인간의 형상을 하고 용암의 바다를 걸어서 넘어 트라린 대륙 북부에 등장.

그와 죽지 않는 자들 사이에서 무슨 일이 있었는지는 전혀 알려지지 않았음.

제르 호바는 그 어떠한 자연물에도 손상을 입히지 않고 그대로 남부를 향함.

그를 막아선 일라신, 인류를 멸망 직전까지 몰아갔던 책임을 물어 제르 호바를 공격.

현신한 두 드래곤의 싸움으로 북부의 일부 지역이 황폐해짐.

결국 일라신은 제르 호바의 브레스에 형체를 잃고 사라짐.

이후 제르 호바는 3일 만에 얼음 대지에 도착.

그곳에서 제렌 디스들에게 동면을 명하고 탄타쿨과 대면.

둘의 대화는 열흘 가까이 이어졌고 그 후, 탄타쿨의 모습은 더 이상 볼 수 없었음.

제르 호바가 그를 살해한 것으로 짐작할 뿐.

멸망 3년.

라흐다의 불이 한풍을 잠재우는 달.

제르 호바, 예언을 남기고 스스로를 대기 중으로 분산시킴.

*　　　*　　　*

이후, 석기시대로 돌아갔던 인류는 간신히 살아남은 자들의 지식과 기술, 지혜를 통해 수천 년간 새로운 문명을 일으키며 번영의 시대를 맞이함.

/옛 전설의 조각 모음, 요약본.

발신 : 비스텐지아 농업학교 8학년, 데일 잉그하임.

수신 : 비스텐지아 농업학교 문학 교사, 아타르 슈네인.

지난 수업 때 과제로 주신 '중앙어로 쓰인 흑룡의 예언,
　　해독.' 은 방학 끝나고 제출할게요. 감사합니다.

제자 데일이.

＊　　＊　　＊

로슈르 제국의 수도 라로시르로부터 동쪽으로 80㎞ 떨
어진 어느 평원.

음울한 달빛만이 흐리게 퍼지는 대지에 일단의 무리들이
행군을 하고 있었다.

척척척척!

날이 선 미늘창과 은색의 투구가 달빛을 반사하며 번쩍
거렸다.

그 수는 약 오십. 차려입은 가죽 전투복 위에 걸친 철구는 이들이 제국의 정규군임을 알려 준다.

그들의 조금 앞에는 체인 메일을 입고, 활을 뒤로 두른 열 명의 경기병들이 말에 올라 터덜거렸고 더 앞쪽으로는 어둠 속에서도 빛을 발하는 판금 갑옷 차림의 기사들 여섯이 있었다.

"정지!"

부관의 외침에 부대원들 전원이 멈췄다.

"이곳에서 잠시 휴식하며 수색대를 기다린다!"

대열의 맨앞에 있던 기사가 샐릿을 들어 올렸다. 허연 김을 훅 하고 뿜는 중년의 미남자.

그의 가문 '모로'를 상징하는 갈색 멧돼지가 그려진 망토가 약한 바람에 흔들린다.

"이제 복귀하실 겁니까."

기사 하나가 다가와 그에게 물었다.

그러나 기사의 질문을 받은 지휘관 러델 모로는 아무런 대꾸가 없었다.

고개를 갸웃하던 기사는 곧 모로에게 고개를 숙인 뒤 자신의 자리로 돌아갔다.

기사들과 경기병들이 말에서 내려 자신들의 애마를 쓰다

듬었고, 보병들은 보초들을 제외하고 전원 땅에 앉아 투구를 벗고 땀을 닦는다.

"뭐야, 결국 심술이 맞네."

보병 하나가 옆의 동료에게 투덜거렸다.

"그러게 말이야. 차라리 훈련을 하라고 했으면 이해라도 하지."

이들의 태도로 보아 야간의 수색 및 행군에 대해 불만이 상당한 듯했다.

처음 말을 걸었던 병사가 지휘관 모로를 슬쩍 흘겨보았다.

"이런 짓만 안 하면 참 멋진 분인데. 안 그런가?"

"습관이라고 하더구먼. 가만히 있으면 좀이 쑤시고 두드러기가 난다나?"

"킬킬킬킬."

여기저기서 병사들이 잡담을 하며 시간을 죽였다. 때론 욕설이 나오기도 했고 심한 경우 음탕한 대화를 나누는 이들도 있었다.

삐익!

부관의 신호에 병사들의 소곤거림이 일시에 멈췄다.

부관의 시선을 따라간 곳에 멀리서 횃불을 들고 복귀하는 수색대가 보였다.

"저 봐. 아무 일 없다니까. 아마 쟤들도 속으로는 쌍욕을 지껄이고 있겠지."

삐익!

다시 한 번 부관이 신호를 불었다. 한데…….

복귀 중인 수색대에서 같은 신호를 보내지 않는다.

"휴식 끝! 전원 기립!"

철컥, 철커덕.

보병들이 빠르게 일어나 창을 들었고, 경기병들은 말에 올라 고삐를 강하게 쥐었다.

다섯 기사들만이 모로의 주변으로 다가가 멀리 아른거리는 횃불을 응시한다.

삑! 삑! 삐이익!

부관이 세 번의 신호를 불었다. 그러나 여전히 답은 없었다.

"뭐야? 쟤네들."

누군가가 불안한 음성으로 말했다.

병사들의 눈에 수색대의 횃불들이 그 자리에서 정지하는 모습이 보였다.

"왜 저래?"

"열 받아서 돌아 버렸나."

꿀꺽.

누군가 침을 삼키는 것을 시작으로 은근한 두려움이 퍼지기 시작했다.

부관의 지시로 경기병 하나가 말을 달려 수색대에게 달려갔다. 그가 들고 있는 횃불의 흔들림이 병사들의 심정을 그대로 드러내 주는 듯했다.

기사들이 자신들의 말에 올랐다. 무언가를 준비하기 위함일까.

순간 수색대에게 다가가던 경기병이 들었던 횃불이 땅에 떨어졌다.

그리고 그가 탄 말은 수색대를 지나 먼 평원으로 끝없이 멀어진다.

"헐!"

순간 이곳에 모인 대다수는 한 가지 사실을 깨달았다.

저들은…… 수색대가 아니다.

"보병! 밀집 대형으로 전환!"

부관이 전투 준비를 지시했다.

그에 맞추어 보병들이 빠르게 거리를 좁혀 마치 고슴도치 같이 창을 세우고 방패를 들어 서로를 방어해 주었다.

경기병들은 활을 풀어 살을 먹인 뒤 시위를 당긴 채 '적'들에게 겨누었다.

마지막으로 기사들이 샐릿을 눌러 얼굴을 완전히 가리고 말에 걸어 두었던 랜스를 뽑아 허리에 걸친다.

"모로 경⋯⋯."

약간의 불안을 담은 음성으로 기사 하나가 입을 열었다. 그러자 모로가 고개를 돌려 그를 응시한다.

"이해가 가지 않습니다."

"무엇이 말인가."

"경께서 예정에 없던 수색 작전을 명하신 이유가 혹시 저쪽 정체불명의 자들과 연관이 있습니까."

"⋯⋯."

"저희야 지시에 따라 움직였지만, 솔직히⋯⋯"

기사의 말은 이곳에 있는 모두의 마음을 대변하는 것이었다.

남부를 제외하고 대륙에 평화가 정착된 지 80여 년이 지났다.

북부의 약탈자들은 제국의 경제력에 예속되어 더 이상 침략을 행할 수 없었고, 다른 대륙에서도 이 땅을 넘보지 못한다.

한데 뜬금없이, 그것도 수도에 비교적 가까운 이곳에서 미지의 '적' 일지도 모르는 자들과 마주하다니.

어쩌면 일라시니아 산맥을 몰래 넘어온 도적 무리들이거

나, 악명 높은 이라코스타 대륙의 해적들일 수도 있다.

그러나 튼튼한 제국의 방위 체계를 뚫고 이곳까지 들어올 세력은 존재하지 않는다.

제국 내부에서 자생한 역도의 무리일 가능성도 희박했다.

곡식은 넘치고 물산은 늘 풍부했으며, 각종 복지 혜택이 미치지 않는 곳이 없다.

사회의 최하류층인 농노들조차 타 지역으로의 이동과 몇몇 신분상 제약을 제외하고는 재산을 모으거나 자유로이 결혼할 수 있을 정도로 제국 내 불만 세력이 나타날 기반 자체가 없는 것이 당금의 현실.

감히 제국 정규군을 향해 이빨을 들이대는 저들은 대체 누구란 말인가.

"……."

답답한 이들의 심정과는 달리 모로는 입을 굳게 다문 채 고개를 돌린다.

휘이이잉—

바람이 먼지와 마른 풀을 허공에 날렸다. 그리고.

아른거리던 적의 횃불들이 일제히 땅에 떨어졌다.

다그닥, 다그닥!

놈들이 말을 달려 이쪽으로 오고 있다. 그 수는 못해도 삼십.

넷으로 나누어 정찰을 나갔던 수색대에 포함된 기사와 경기병들 전원의 숫자와 거의 일치했다.

지축이 울리자 병사들의 두려움이 점점 커졌다.

하지만 이런 두려움을 용기로 가장하는 방법을 훈련으로 극복했다.

다만, 아군이라 여겼던 이들이 적으로 변해 공격을 가해 오는 이 상황만큼은 합리적인 이해가 도저히 불가능했다. 그리고 그것이 마음에 남아 여전한 공포를 선사한다.

두두두두두두!

상대가 전력을 다해 달려온다. 이대로 가다간 보병들의 밀집 대형과 정면으로 충돌할 것이다.

"불을 던져라!"

부관의 외침에 기병들이 들고 있던 횃불들을 보병대 앞 쪽으로 던졌다.

적의 말들을 놀라게 하여 상대를 낙마시키려는 수단이었다.

그중 하나가 비교적 멀리 날아갔다. 그리고 적 하나가 순 식간에 그 횃불을 스쳐 온다.

"어?"

누군가가 짧은 순간 불에 비쳤던 이의 모습을 보았다.

그가 입은 갑옷과 두르고 있는 망토는 제국군의 것이었다. 그것도 모로 가문 휘하의 기사임을 나타내 주는 갈색 멧돼지가 그려진.

그런데 있어야 할 것이 없었다.

머리가.

딱딱하게 굳은 자세 그대로 랜스를 옆구리에 꽉 낀 목 없는 기사.

그의 의지는 사라졌으나 타인의 뜻에 따라 아군이었던 이들을 향해 진격해 온다.

이히히힝!

횃불들 앞에 이르자 기사가 탔던 말이 앞발을 들며 울부짖었다. 그제야 말 주인의 상태를 확인한 다른 병사들이 짧은 신음을 삼킨다.

"흐읍!"

순간 뒤따라오던, 마찬가지로 머리를 잃은 기사와 기병들이 탄 말 일부가 방진을 덮쳤다.

"끄악!"

몇 명의 보병이 말에 밟혀 비명을 질렀다. 하지만 말들은 길이 막히자 더 이상 뛰지 않고 허우적거렸다.

쉭! 쉬익!

뒤의 경기병들이 화살을 쏘기 시작했다. 아직 도착하지

않은 나머지 말들을 향해.

엄격한 훈련 덕분에 기병들은 무리 없이 속사를 감행했고, 달려오던 말들 대부분이 살에 꿰어 구슬프게 울며 쓰러진다.

이미 대형을 어지럽혔던 말들을 진정시키고 몇 명이 말 위의 시신들을 끌어내었다.

잘린 단면에는 말라붙은 피가 그대로 남아 있었고, 하얀 목뼈가 불빛에 비쳐 소름끼치는 광경을 보여 주었다.

"맙소사……."

"대체 무슨 일이."

병사들의 거의 전부가 전쟁과는 거리가 먼 삶을 살았던 이들이다.

대륙 남부 격전지에 복무하지 않는 한, 평생 전우의 죽음을 보지 않을 수도 있는.

그런 이들이 동료의, 그것도 끔찍하게 살해당한 시체를 보았다.

막연했던 두려움은 확실한 공포가 되어 모두를 짓누른다.

"우웩!"

누군가 구토를 했지만, 아무도 탓하지 않았다. 자신들 또한 그와 다르지 않았기 때문.

"진정하고 대형 유지해!"

슬쩍 돌아본 부관의 얼굴도 경악으로 일그러져 있었다.

다만 모로만이 침착하지만 굳은 얼굴로 정면을 주시하고 있을 뿐.

그는 이러한 사태를 생각이나 했을까. 아니, 바라지 않았지만 가능성을 염두에 두기라도 한 것일까.

멀리 서 있던 그림자들이 갑자기 사라졌다. 처음에는 수색대에 포함된 보병들이라 여겼던 이들이었다.

그러나 그것을 알아차린 이는 아무도 없었다.

긴 침묵이 이들을 사로잡았다.

약간의 바람 소리. 풀이 바스락거리는 소리와 누군가 숨을 몰아쉬는 소리가 족쇄처럼 이들을 묶어 둔다.

활을 겨누고 눈동자를 굴려 주변을 살피던 경기병 한 명의 눈에 식은땀이 들어갔다.

얼굴을 찡그리며 눈을 깜박거리던 그는 순간 목젖이 화끈해지는 아픔을 느꼈다.

그는 자신의 눈에 비친 세상이 갑자기 하늘을 향하는 것을 보았다. 무언가가 머리를 땅으로 잡아당기는 것만 같이.

툭.

뒤통수에 미미한 감각이 잠시 일었다가 사라졌다. 마지막으로 그는 목을 잃고 하늘 높이 피를 뿌리는 자신의 몸뚱이를 보며 죽음의 세계로 들어갔다.

툭. 툭.

여기저기서 경기병들이 굴러 떨어졌다. 전부 목이 잘린
채로.

"적이다!"

기사 하나가 소리치며 랜스를 버린 뒤 롱 소드를 뽑았다.

그의 눈앞에 번쩍이는 가느다란 빛. 기사는 본능적으로
롱 소드를 들어 그것을 막았다.

팅!

쇠붙이가 부딪치는 소리를 시작으로 전투가 개시되었다.

처음 희생자들은 밀집 대형 밖에 위치했던 경기병들이었
다.

기척도 없이 다가온 어두운 그림자들은 동시에 그들의
목을 끊어 버렸다.

그림자들을 발견한 다섯 기사들이 먼저 살벌한 싸움을
벌였다.

그들은 결국 말에서 내려 모로를 중심으로 원형을 유지
하며 빠르게 움직이는 그림자들의 무기를 쳐 냈다.

부관 또한 서둘러 대형 안으로 진입해 보병들을 지휘했
다.

삑!

신호에 맞추어 보병대가 방패를 모았다.

사방으로 뻗친 미늘창은 적어도 2~3m 정도 적들의 접근을 막아 줄 것이다.

척! 척! 척!

방진이 발맞추어 기사들 쪽으로 이동을 시작했다. 보이지 않는 적이 그곳을 중심으로 움직였기에.

모든 병사들이 같은 공포에 잠식된 상태. 그러나 조밀하게 짜인 대형의 정면, 또는 측면을 뚫고 들어올 적은 없었다.

휙!

어둠들이 순식간에 기사들에게서 멀어져 눈앞에서 사라졌다.

기사들의 단단한 갑옷 여기저기에는 가는 금들이 그어져 있고 양손으로 쥔 롱 소드도 벌써 날이 상했다.

"헉…… 헉……."

기사 하나가 참았던 숨을 뱉으며 힘겨워했다.

"여기 계속 버티고 있을 수는 없습니다. 이대로 부대까지 복귀해야 합니다. 태양의 축복은…… 밤의 사나움에게서 우릴 지켜 줄 수 없으니까요."

다른 기사가 모로에게 의견을 제시했다.

모로는 지금껏 한 마디도 하지 않았다. 그저 올 것이 왔다는 표정.

병사들 모두가 모로를 바라보며 명령이 떨어지기만을 기다린다.

그때, 방진이 뚫렸다. 아니, 정확히 말하자면 적은 내부에서 나타났다.

스걱.

발목이 잘린 병사가 비명도 지르지 못하고 무너졌다. 갑자기 쓰러진 동료를 바라보는 자의 눈동자에, 쓰러진 병사의 목젖에 어둠이 뾰족하고 가느다란 송곳을 쑤셔 넣는 장면이 맺혔다.

입도 벙긋하지 못하고 굳은 채 그것을 바라보는 병사를 향해 그림자가 고개를 돌렸다.

밤과 동화된 듯 칠흑 같이 검은 망토와 거기에 연결된 후드.

그 아래에서 희미하게 웃고 있는 입은 입술이 없어 날카로운 치아만이 번들거린다.

풀썩, 풀썩.

몇 명이 더 쓰러지며 허망한 죽음을 맞이했다.

"들어왔다! 컥!"

누군가가 적의 출현을 알리다 말고 발목에서 피를 뿌리며 넘어갔다.

"산개! 산개!"

부관의 울부짖음은 오래가지 않았다.

그의 뒤에 벌떡 일어난 그림자가 부관의 척추를 가른 뒤, 목을 뒤로 돌려 버렸기 때문.

부관이 내린 마지막 지시는 충분히 효과를 발휘했다.

병사들은 거의 반사적으로 다섯 씩 짝을 이루어 흩어졌고, 지금과 같은 어이없는 죽음은 일단 피할 수 있었다.

"젠장!"

팅!

기사 한 명이 등을 치고 튕겨 나간 공격에 욕을 쏘아 내며 롱 소드를 휘둘렀다.

적은 그 궤적을 가볍게 흘리며 다시 기사에게 육박한다.

팅! 티잉!

적의 무기가 기사의 갑옷과 무기에 부딪치며 작은 불똥을 튀겼다. 불똥들이 사라지면서 허공에 안개와 같은 무언가를 내뿜는다.

태양의 은혜.

태양을 숭배하는 로슈르 제국의 정통 사제들이, 공인된 기사들에게만 부여한다는 축복의 일종이다.

그러나 그 위대한 축복은 무척이나 희미해 보였다.

밤의 상징은 달과 어둠.

태양과 빛으로부터 보호받는 기사들에게 밤은 취약한 시간일 수밖에 없다.

기사 한 명당 그림자 둘이 붙었다. 그리고 모로에게는 무려 다섯이.

병기들이 내는 굉음 속에서 흩어진 보병대도 본격적인 전투에 임했다.

가가가각!

그림자 하나가 병사들을 가르고 지나가자 조밀하게 들었던 방패들이 피해를 막았다.

"찔러! 여기야 여기!"

소리치는 자의 음성은 매우 다급했다.

다들 정신없이 창을 질렀다 빼며 혼돈에 빠져 있을 때, 한 무리의 적들이 넷으로 줄어 버린 다른 병사들을 빠르게 덮쳤다.

일제히 쓰러져 당황하는 그들을 포위한 그림자들이 레이피어와 흡사한 형태의 검을 들어 올려 사납게 내려찍었다.

비명이 울려 퍼지고 반복적으로 찍었다 빼는 검을 따라 튀기는 핏물들이 사방으로 날렸다.

"우…… 우윽!"

기사 하나가 고통스러워하며 무릎을 꿇었다.

갑옷의 틈, 겨드랑이 부분을 깊게 찔린 그가 무기를 떨어뜨리자 적이 다가와 샐릿을 벗기고 목을 긋는다.

　보병들도 점점 숫자가 줄었다. 이제 두 개의 분대만이 남아 힘겹게 방어를 지속했다.

　푹!

　살을 파고드는 소름끼치는 소리가 들리며 또 한 명의 병사가 쓰러졌다.

*　　*　　*

　달린다. 그것도 무척이나 빠른 속도로.

　인간이 이처럼 빨리 달릴 수 있기나 한 걸까. 웬만한 말이 달리는 속도를 능가할 정도.

　"제기랄!"

　전력으로 질주하면서도 호흡조차 거칠어지지 않던 이의 입에서 짜증이 흘러나왔다.

　"어째서 우릴 기다리지 못했나!"

　누구를 향해 분노를 터트리는 것일까.

　"피 냄새가 여기까지 풍기고 있다. 거의 다 온 듯."

　옆에서 다른 이가 말했다.

　"저기다!"

　칭!

소리치던 자가 무기를 빼들었다. 동시에 함께 이동하던 모든 이들도.

멀리서 병기가 깨지는 소리가 울렸다.

잠시 후, 이들이 본 광경은 참혹하기 그지없는 것이었다.

오십에 이르던 보병들과 열 명의 기병들 전원이 비참하게 죽어 있었고, 기사도 단 한 명만이 남았다.

끝까지 버티던 그는 사내들이 채 도달하기 전, 그림자의 공격에 결국 목숨을 잃는다.

모로는 보이지 않았다. 그는 대체 어디로 간 것일까.

사내들과 그림자들이 붙었다.

이쪽의 숫자는 열이 넘었고, 적들은 겨우 둘.

두어 번의 공방으로 적의 머리를 날려 버린다.

"······다 해서 삼백이 전멸이라니."

"어쩔 수 없지 않나. 상대는 일당백의 괴물들인데."

으드득.

이를 갈며 누군가 말했다.

전부 얼굴을 가리고 있어 표정을 볼 수 없었지만, 그들이 느끼는 분노가 고스란히 전해져 왔다.

콰아아아아!

멀리서 불꽃이 솟았다.

"커맨더 모로!"

사내들이 소리치며 그쪽을 향해 날았다.

모로는 무려 이십이 넘는 그림자들과 전투를 벌이고 있었다.

주변에 흩어진 시체들에서 연기가 뿜어져 나오는 것을 보니 방금 솟았던 불꽃에 의한 공격임을 짐작할 수 있었다.

모로의 구원자들이 그림자들을 덮쳤다.

다시 격렬한 싸움이 시작되었다.

아까 보병들과는 달리 상당한 실력으로 적들을 몰아내는 사내들.

수의 열세에도 불구하고, 강하고 빠르게 그림자들을 헤치고 모로의 곁에 이른다.

치이이이.

모로가 흘린 땀이 그의 갑옷에 닿자 순식간에 증발해 버렸다.

"어찌 된 겁니까!"

"보다시피."

숨을 고르던 모로가 차분히 대꾸한다.

"당신께 전언을 보낸 것은 이렇게 행동하라 한 뜻이 아닙니다."

"나도 알아. 자네들을 기다리고 또 경계를 강화하라는

의미였겠지."

"한데 왜요!"

"보고 싶었거든. 황금 비늘의 주인을."

모로가 빙그레 웃으며 말했다. 그는 지금 낮에 만났던 소년을 떠올렸다.

싱그러운 웃음 속에 거대한 광휘를 감추고 있었던.

"나에게, 우리에게 삶의 의미를 부여해 준 존재들이 아닌가. 이런 기회를 놓칠 수 없지."

"당신을 포함해 삼백, 아니, 이제는 우리까지 죽음의 길로 몰아넣었잖습니까."

다들 죽음을 각오하고 이곳에 왔음을 알리는 사내다.

"뭐, 처음에는 그냥 호기심이었어. 한데 그를 만나고 나니 깨닫게 되더군."

"무엇을요."

"그는 단순히 우리가 이름 붙인 '운명의 중심'으로서 존재하는 이가 아니라는 것. 수십 평생을 조직의 일원으로 살아온 내 직감이라고 해 두지."

사내는 침묵으로 그의 말을 경청했다.

"주인께서도 그렇고, 자네들도 그래. 한없이 긴 시간은 모두를 지치게 만들었지. 대를 이어 지켜 온 우리의 사명 또한. 난 그것을 경고해 주고 싶었네."

"일부러 놈들을 유인했다는 말씀이군요. 당신의 죽음으로 주인께 상황의 심각성을 경고하겠다는……."

"또 있어."

모로가 주변에 늘어선 그림자들을 빙 둘러본다.

"아마 보고 있을지도 몰라."

"예?"

"그의 무한한 능력은 마주했던 모든 것들의 운명을 볼 수 있다고 하지. 전설이 아닌 진실 어린 역사라면……?"

사내가 풋 하고 웃었다.

"짓궂으십니다. 그에게 죽음이라는 숭고함을 통해 더 큰 짐을 지우려 하십니까."

"맞아. 그리고 이곳은 '자린'을 위해 우리의 생명을 불태울 최적의 장소가 아닌가."

이들이 대화를 나누는 동안 그림자들의 숫자가 더 늘어났다. 그리고 잠시 후.

그들의 대열이 갈라지며 누군가가 걸어 나왔다.

다른 적들보다 조금 더 큰 몸집을 한 그는 그림자들을 이끄는 지위에 있음이 분명했다.

달빛조차 흡수해 버린 듯, 깊은 어둠만이 그의 주변을 맴돌며 촉수처럼 너울거렸다.

"두목이로군. 녹터널 헌터……."

"스타비챠."

으스스한 심연에서 올라오는 듯 기괴한 목소리가 썩어버린 괴인의 입에서 흘러나왔다.

"무슨 말이 필요할까."

스릉.

모로가 놓았던 롱 소드를 다시 들었다. 그리고 그 검면에 쓰인, 뜻 모를 고대어를 타고 열기가 흘렀다.

휙!

적의 수장을 먼저 제거함으로 기선을 제압하는 것은 고래로 최선의 전략이다.

게다가 놈은 모로의 코앞에 있지 않은가. 스타비챠라 불린 이들 중 두 명이 먼저 날았다.

평범한 성인을 훨씬 능가하는 속도로 두목에게 접근한 두 스타비챠의 검이 번뜩였다.

놈이 목에서 피를 흘리는 것은 틀림없어 보였다. 하지만.

츠아앗!

가느다란 무언가가 그들을 휘감았다.

"커억!"

그것은 가시덩굴이었다.

두목의 망토 아래에서 뻗어 나온 덩굴이 어느새 둘을 꽉 조인 채 허공에서 하늘거렸다.

빠지직.

절대로 끊어지지 않을 것만 같은 덩굴. 그것이 인간의 육체를 강하게 조인다.

풋!

가시에 찔린 구멍에서 피가 튀었다. 입까지 틀어막은 덩굴로 인해 비명조차 지르지 못하는 스타비챠들.

덩굴에 힘이 가해졌다 느낀 순간, 두 생명체는 압력을 이기지 못해 터져 버렸다.

퓨악!

후두둑.

핏물과 살점이 공중에 잠시 머물다 아래로 떨어졌다. 마치 사납게 내리는 비처럼.

꿀꺽.

"우리에게 무척이나 화가 난 것 같습니다."

애써 웃으며, 모로와 대화를 나누던 스타비챠가 다시 입을 열었다.

"그럴 테지. 저들에게도 시간은 '황금'과 같으니까. 귀중한 밤을 우리로 인해 소비했으니 당분간 총명한 황금 비늘의 주인이자 운명의 중심인 그 아이를 따라잡을 수 없을 거야. 한번 당해 봤으니 폰도 정신을 차렸을 테고."

모로가 무기를 꽉 쥐어 올려 두목을 가리켰다.

"이보게들, 이따가 만나세. 따스한 자린의 품에서."

농담처럼 말하는 모로를 향해 모두가 고개를 끄덕이며 전의를 다졌다.

쿠아아아아아!

커맨더 모로의 마지막 전투는 롱 소드에서 뿜어져 나온 화염과 함께 시작되었다.

"아…… 아아."

양다리가 잘려 나가고 가슴이 갈라져 피와 더운 김을 흘리는 스타비챠의 일인.

그의 힘겨운 숨이 허공으로 퍼지며 고통과 아쉬움을 느끼게 했다.

그의 눈에 꺼져 가는 전장의 불꽃이 보였다.

스타비챠 전원 사망.

그리고 그들의 시신을 끝없이 난도질하는 녹터널 헌터들.

모로는 놈들의 수장과 장렬한 대결을 펼쳤다.

그러나 더 이상 힘을 내지 못하고 밤의 악령에게 몸을 내주고 말았다.

태양의 축복을 머금은 갑옷이 박살나고 고대인의 열기를 담은 롱 소드도 수백 조각으로 깨졌다.

모로는 자신의 목을 감은 덩굴이 살을 파고들어도 신음

을 내지 않았다.

그는 마지막까지 희미한 비웃음을 띠고 놈의 추악한 얼굴을 바라보았다.

잠시 후, 모로의 머리가 잘려 날아가자 녹터널 헌터들은 기다렸다는 듯 그의 시체를 유린했다.

저벅, 저벅.

그가 죽어 가는 스타비챠를 향해 다가왔다.

덜덜거리는 손을 들어 놈을 가리키는 최후의 한 사람에게 그는 무엇을 하고자 하는가.

스윽.

놈이 발바닥으로 스타비챠의 목을 밟는다.

뿌드득.

스타비챠의 눈이 생기를 잃어 갔다.

*　　*　　*

그로부터 4일 후.

두꺼운 성벽으로 둘러싸인 위성도시 하르실라에서 거대한 불꽃이 일어났다.

도시 외곽 일부가 완전히 재가 되었고, 100여 명의 인명 피해가 발생했다.

화재가 일어났으리라 여겨지는 중심부와 주변은 누구도
살아남지 못했기에 결국, 원인 규명을 하지 못했다.

　다만, 화재 현장에 접근하던 치안대와 소방대원 일부가
불의 장막이 가로막은 안쪽에서 기괴한 짐승의 울음소리를
들었다고 증언했다.

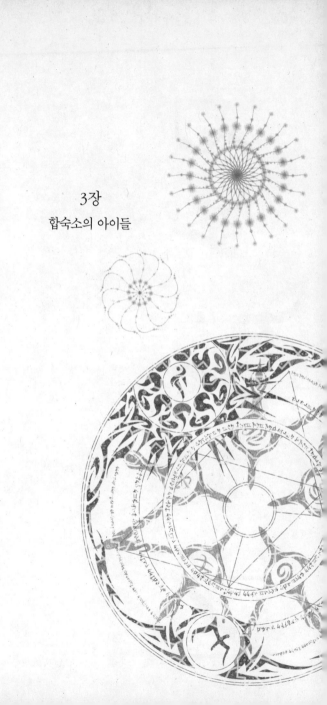

3장
합숙소의 아이들

RAJARIN

로슈르 제국의 역사는 깊다.

초대 군주 발타스 세프라임은 남부 얼음 대지 출신이었다.

드래곤과 인간의 전쟁—일방적인 학살에 가까웠던—이 끝나고 100년이 채 안 되었던 시기.

여전히 어둠과 공포에 쌓여 있던 남부를 관통하고 세프라임이 등장했다.

당시는 수백 개 이상의 나라들이 이 대륙에 난립하던 때였다. 당연하게도 중앙집권을 이루지 못하고 각각 연맹 단계에 머물던 소국들이 대부분인 상태.

위대한 세프라임은 그의 탁월한 지도력과 무력을 바탕으

로 거대한 용병단을 만들어 각지의 전쟁에 참여해 명성을 떨쳤다.

그는 후에 시론의 계승자를 자처하던 왕국, 라로시르의 공주와 혼인하여 국가의 수호자로 임명되었다.

말년에는 섭정을 행했고, 결국 왕위를 넘겨받아 국왕으로 등극, 강력한 중앙집권을 바탕으로 대제국의 기틀을 마련한다.

세프라임 국왕이 왕비의 이름을 따 나라를 로슈르로 개명하고 세상을 떠난 후, 그의 후계자들은 정복 전쟁을 시작해 일라시니아 산맥 북쪽과 남부 얼음 대지를 제외하고 상당 부분의 땅을 차지했다.

200년 뒤, 남아 있던 9개 왕국을 정벌한 왼손잡이 왕, 보트 세프라임은 로슈르를 왕국에서 한층 격상시켜 제국으로 명명하고, 4개 위성국을 제후국으로 삼아 절대군주인 황제로서 세상을 다스린다.

그로부터 5000년이 지난 지금.

로슈르 제국은 5개의 제후국과 2개의 자치령, 14개의 특화 지구를 거느린, 침범할 수 없는 이름의 대명사로서— 사전에 '로슈르'라는 단어는 신성, 무적, 부유함 등과 같은 뜻을 가졌다고 쓰여 있다— 만물 위에 군림했다.

하나의 거대한 국가가 분열이나 황조의 바뀜 없이 5000

년이나 이어질 수 있었다는 사실은 로슈르 제국이 얼마나 탄탄한 기초 위에 세워졌는지 충분히 짐작케 해 준다.

과학과 기술, 문명과 문화의 중심지로서 제국의 수도 라로시르—옛 왕국의 이름에서 유래—는 그 이름을 다른 대륙에까지 떨쳤다.

모든 지식이 모이는 용광로.

그중에서 제국의 제 1대학교인 로슈르 국립대학교의 명성은 산맥 북부에서조차 동경할 정도였다.

제국 유수의 가문이 이곳을 모태로 일어났고, 수많은 관료들, 저명한 지식인, 명망 있는 과학자들, 심지어 360만 제국군의 고위 장성과 장교들까지 사관학교가 아닌 국립대학교 기사단양성학부 출신이라 알려져 있다.

따라서 제국 내 모든 젊은이들의 꿈이자 동경의 대상인 로슈르 국립대학교는 그만큼 입학이 까다롭기로 유명했다.

귀족들과 부유층 자제들에게는 그나마 문턱이 낮았으나, 그 외의 계층에게는 그야말로 하늘에 별 따기라는 입학 과정.

그 관문을 뚫기 위해 오늘도 수많은 이들이 도전을 멈추지 않는다.

그리고 그런 이들을 위해 마련된 곳이 바로 국립대학교

부설 합숙소.

수도 라로시르 외곽에 위치한 산 전체에 건립된 이곳은 대학 입학을 희망하는 이들 중 선발되었거나, 특채로 지명된 이들이 모여 자격을 심사받는 곳이다.

현재 합숙소에는 네 명의 젊은이들만이 더 높은 곳으로 가기 위해 머물고 있었다.

그것을 원하든, 원하지 않았든 간에……

*　　*　　*

"지루해……"

책상에 푹 엎드린 채 중얼거리는 소년의 음성을 듣지 못한 이는 아무도 없었다.

넓은 교실 가운데 옹기종기 모여 앉은 네 사람.

그들 중 진한 녹색의 사냥꾼 복장을 한 남자 아이는 다른 세 명이 들어도 상관없다는 듯 한숨을 푹푹 내쉬며 끊임없이 불평을 늘어놓았다.

네 사람의 면면은 너무나도 달랐다.

황금빛 머리칼이 탐스러운 작은 소년은 큰 눈에 지혜를 가득 담은 채, 알 수 없는 웃음을 지었고, 투명한 베일을 쓴 소녀는 그럴 줄 알았다는 양, 잠시 투덜거리는 소년을 흘기다 곧 시선을 돌렸다.

그녀의 시선이 머문 곳에는 금발 소년보다 두 배는 더 커 보이는 덩치를 한 거인이 있었다.

헝클어진 은발, 깊게 들어간 눈, 약간 휘어진 코와 꽉 다문 입.

전투의 장소가 아님에도 가죽옷 위에 철구를 대고 있는 그의 모습은 영락없는 북부인이었다.

"7일 동안 아무것도 안 했어."

또 사냥꾼 차림의 소년이 중얼거렸다.

"밥은 늘 배터지게 먹었고. 그래, 좋아. 내 살면서 이렇게 편해 본 적은 처음이긴 해. 누가 나 따위한테 따뜻한 음료와 편안한 침대를 주겠어. 술을 못 마시는 정도는 참을 수 있어. 밤에 억지로 자야 한다는 것도. 규칙적인 생활은 건강한 몸을 만들어 주는 법이지, 암."

두서없이 지껄이던 그가 혹 고개를 들었다.

"그런데 재미가 없잖아. 여기는 늑대도 없고, 샤벨 타이거도 없고, 독수리도, 상어도 없어. 그 흔한 토끼 한 마리가 돌아다니는 꼴을 못 봤지. 답답해……."

순간 그의 눈이 빛났다.

묵묵히 앉아 있는 거인의 뒷모습을 보자마자.

"이봐, 야만인. 넌 안 심심해?"

"……"

"나 같으면 말이야……. 내 머리통만 한 그 손으로 주방장을 박살이라도 내겠어. 항상 네가 먹는 밥에 고기를 덜 얹어 주잖아, 안 그래? 널 차별하는 것이 틀림없어. 말라 가는 너의 몸을 봐. 아주 살을 쪽 빼 놔서 나중에 요리할 생각일 거야. 이 나라 사람들은 북부인을 상당히 싫어한다지?"

은근히 도발을 감행하는 그의 말에도 거인은 미동조차 없었다.

"거 있잖아. 옛날에 너네랑 여기랑 전쟁 났을 때. 네 조상들이 이곳 아이들을 불에 구워 먹었잖아. 어휴, 확실해. 저 주방장은 다음 달 식단표에 북부인 바베큐, 북부인 스프, 북부인 내장 조림을 써 놓았겠지. 그 밑에 작은 글씨로 네 이름을 적어 두었을 테고. 흠, 벌써부터 흥분하고 있을 거야. 오늘 밤에도 칼을 갈며 잠을 못 이룬다에 내 롱 보우를 걸지. 복수는 원래 대를 이어 가는 거니까."

"루산."

베일의 소녀가 사냥꾼 복장의 아이, 루산에게 그만하라는 뜻을 표했다.

"아, 맞다, 리디아. 네 고향 볼라스카도 당시에 야만인 놈들에게 크게 당했다지? 혹시 아냐. 키릭의 조상이 네 조상의 고기를 씹었을지도."

리디아라 불린 소녀가 황당하다는 표정을 짓는다.

"그만 좀 해."

"큼……."

다시 정색을 한 리디아의 말에 루산도 시무룩하게 고개를 돌렸다.

"어이, 꼬마."

이번에 루산의 목표는 금발 소년이었다.

"만날 신비로운 척만 하지 말고 오늘은 나랑 얘기 좀 하자."

"그동안 우리가 나눈 건 대화가 아니었어?"

금발 소년의 입에서 맑은 음성이 흘러나왔다.

"한쪽이 일방적으로 말을 거는 것을 대화라고 한다면 그것도 맞겠지. 하지만 누군가가 대화는 서로의 입 냄새를 음미하는 거라더라. 넌 나의 역겨운 향기를 잔뜩 들이켰겠지만, 난 너의 취할 듯한 입 냄새를 맡아 본 기억이 없거든."

"풋."

금발 소년이 가볍게 웃음을 터트렸다.

"데일, 너 무섭더라."

"뭐가?"

루산의 눈과 금발 소년, 데일의 눈이 정면으로 마주쳤다.

"여기 온 첫날, 저 덩치랑 나랑 식당에서 한바탕했을 때."

"그게…… 뭐."

"몰라?"

"난 그냥 너랑 키릭을 말리려 했을 뿐이야."

데일의 말에 은발 거인, 키릭도 살짝 고개를 돌렸다.

그 또한 그날 일어났던 불가사의한 일이 머릿속을 떠나지 않았기 때문이었다.

"난 저 야만인이 싫기는 하지만 그래도 인정할 건 인정해. 저놈 정말로 강하지. 아무것도 없는 공간에 푸른 불꽃을 만들어 내는 능력은 일반적인 사람의 것이라 볼 수 없으니까. 그리고 나도 약하지 않아. 넌 어디 가서 맨몸으로 얼음 덩어리를 불러내는 사람 본 적 없지? 난 가능해."

"그건 나도 인정."

데일이 순순히 루산의 말에 동의한다.

"그런데 그런 우리 둘을 네가 눌러 버렸어. 그냥 그 작은 손으로 우리의 팔뚝을 잡기만 했는데."

"흠……."

"말해 봐. 그거."

"뭘 말해야 할까?"

"대충 알면서 왜 이러실까. 딱 봐도 하나는 싸움 잘해서 그렇다 치고, 하나는 음…… 좀 잘생겨서, 여기 이 아리따운 아가씨는…… 어디라 그랬지?"

루산이 리디아를 돌아보며 물었다.

"과학대학 산하 위생학부."

리디아가 차분한 음성으로 대답한다.

"맞아. 리디아는 의학적인 지식이 무척이나 풍부하지. 함께 오는 길에 내 직접 봤으니 그 솜씨가 얼마나 뛰어난지 잘 알거든."

갑자기 데일이 리디아를 향해 작게 고개를 숙이며 입을 열었다.

"고마워, 리디아. 내 손을 잡아 줘서. 덕분에 빨리 일어났어."

"천만에, 데일."

리디아가 아름다운 미소를 지으며 겸손하게 말했다.

"힘이 쭉 빠졌어. 네 손에 잡혔을 때."

루산의 음성이 무척이나 차갑게 느껴지는 것은 그저 착각일 뿐일까.

그러나 데일은 살짝 인상을 쓰고 뭔가를 생각하는 듯하다가 곧 표정을 풀었다.

"솔직히 나도 모르겠어."

"왜?"

"모르니까 모른다고 하지."

"헐……."

루산은 데일의 표정에서 정말로 아무것도 모른다는 것을 읽었다.

합숙소에서 네 사람이 처음 만난 날.

키릭과 루산은 서로에게 이유 없는 증오심을 품고 격렬한 싸움 직전까지 갔었다.

그것을 한순간에 잠재워 버린 이가 바로 데일이었다.

데일은 키릭과 루산이 서로에게 가하려던 치명적인 공격을 무의 상태로 돌려 버렸다. 그것도 살짝 둘의 팔을 잡기만 했는데.

그런 뒤 데일은 바로 쓰러져 거의 하루 동안 정신을 차리지 못했다.

만약 리디아가 데일의 곁에서 그녀가 가진 능력으로 치유를 행하지 않았다면 더 오랜 시간 잠들어 있었을지도 모른다.

하지만 데일은 자신이 그렇게 했다는 사실조차 전혀 몰랐다.

도무지 알 수 없는 일이었다.

루산도, 키릭도, 리디아도 일반인들과 다른 기이한 능력을 가졌다.

아마도 이런 이유로 특채에 뽑혔을 터, 따라서 평범함 그

자체로 보이는 데일이지만, 그에게도 분명 흉내 낼 수 없는 힘이 잠재해 있을 것이다.

루산은 그것을 물어본 것이었다.

저 작은 소년에게는 어떤 능력이 있을까라는.

"난 공부를 잘해."

"잉?"

"배운 것은 절대 잊어버리지 않고, 또 상상력도 풍부한 편이야. 역사에 살을 붙여 재해석하기를 좋아하고. 아, 어렸을 때 지역 신문에 내 이름이 난 적도 있어. 문학 신동이 나타났다고."

루산은 어이없다는 얼굴로 데일을 바라본다.

"옛적에 다른 6개 언어를 익혔어. 서부 누미비아 어, 북부 우들란트와 젝스 어, 남동부 프리즈 언어에다 옛 볼란 방언이랑 고대 용언이라 알려진 중앙어까지. 작년에 농업학교 문학 선생님이랑 유적 발굴 현장에 다녀온 적도 있어. 당시 현장에 중앙어에 대해 아는 사람이 없다고 해서."

한 번 말문이 트이자 데일은 자신에 대해 말하기 시작했다.

"글씨도 멋들어지고 서류 정리도 잘하는 편이지. 따로 철 해 놓지 않아도 어느 부분에 무슨 내용이 있는지 다 알거든. 즉, 무엇이든 기억한다는 말이야. 또 재작년도 콜로스카 사범대학 논술시험 문제였던 '합리적인 행정 절차에 관한 주관적 생각을 서술하시오.'를 모의고사 형식으로 단 10분 만에 스무 장 분량으로 만들어 제출했더니 학교장님께서 거품을 물고 놀라시더라."

데일의 얼굴에는 은은한 자부심이 담겨 있었다.

"……해서 학교장님과 문학 선생님의 추천으로 로슈르 국립대학교 행정대학 서기관 양성학부에 특채로 입학할 자격을 얻은 거야. 이제 됐어?"

"……천재란 말이구먼."

다른 무언가가 분명히 있음을 알지만 루산은 그저 데일의 말에 수긍하는 척하며 한숨을 쉬었다.

키릭도 놀란 눈치가 역력했다.

수도로 오는 중 알 수 없는 이끌림에 의해 데일과 만나, 꽤 험난한 길을 뚫고 도착했지만 데일에 과거에 대해 모르는 것이 많았기 때문이었다.

물론 데일도 키릭의 과거에 대해 모르기는 마찬가지.

"뭐, 같이 있다 보면 너에 대해 많은 것을 알게 되겠지."

루산 깍지를 끼고 뒷머리를 누르며 눈을 감는다.

그리고 잠시 후 다시 입을 열었다. 어지간히도 답답한 것을 못 참는 성격인 듯.

"한데 데일 넌 고향이 어디냐."

"콜로스카. 방금 언급했을 텐데."

"흠, 농부의 아들이네."

콜로스카 지방은 대륙 제일의 곡창지대인 볼라스카 지방 다음으로 유명한 곡물 생산지였다. 따라서 루산의 짐작은 어쩌면 당연한 것.

"아니, 아버지께서는 제국의 군인이셨어."

"이셨어? 그럼 지금은."

"전사하셨지."

"……얼음의 대지?"

"응."

북부 자유무역연합과는 안정된 국경을 마주하고 있기에 제국의 군인이 전사할 만한 곳은 남부 외에는 없었다. 그곳은 아직도 침략하려는 자와 막으려는 자들 간에 전투가 계속되는 저주받은 땅이기 때문이었다.

"괜히 물어봤네, 미안."

"괜찮아. 난 아버지가 자랑스러우니까."

데일의 말을 들은 루산의 얼굴에 약간의 어둠이 감돌았다 사라졌다.

루산은 결코 자신의 아버지를 자랑스럽게 생각해 본 적이 없었기 때문. 오히려 증오에 가깝다고나 할까.

예정된 시간이 훨씬 지났는데도 이들을 모이도록 한 합

숙소 사감은 나타나지 않았다.

처음부터 끝까지 같은 자세로 앉아 있는 키릭.

책상에 누런 종이를 펼쳐 놓고 뭔가를 계속 써 내려가는 데일.

눈을 감고 태양을 향한 기도문을 반복해서 중얼거리는 리디아.

그리고 이들과 달리 계속 몸을 움찔거리며 잠시도 가만히 있지를 못하는 루산.

결국 루산이 또 터졌다.

"내가 전에 북쪽에 갔을 때 말이야. 어디더라…… 음, 맞아. 뮈란드."

뮈란드라는 말에 키릭의 몸이 살짝 움직였다.

"정말 여기가 사람 사는 곳이 맞나 싶었지. 거리엔 넘쳐 나는 게 사람인지 쓰레긴지 분간이 안 가더라니까. 들어 보니 옛날에는 잘사는 왕국이었다지?"

루산은 분명 키릭에게 어떤 도발을 하고자 말을 꺼냈음이 틀림없다.

"특히 아이들의 모습은 정말 눈뜨고 못 보겠더군. 진흙을 구워 과자처럼 씹는 꼴이란……."

데일도 미묘한 분위기를 느끼고 루산을 돌아본다.

"그게 다 한 사람 때문이래. 뮈란드라는 왕국 인구의 절

반을 날려 버린."

드디어 키릭이 몸을 돌려 루산을 쏘아보았다.

매우 만족스러운 표정을 지으며 키릭의 불같은 얼굴과 마주한 루산.

"그래, 폴몬트 디록. 또는 마스터 디록. 뮈란드에선 그 이름이 악마라는 단어와 동의어라고 하더라."

"왜?"

리디아가 루산에게 물었다.

"북부인들 저들끼리도 서로 말이 다르긴 한데, 뮈란드가 나머지 연합을 상대로 반란을 일으켰다는 말도 있고, 잘사는 뮈란드를 질투한 다른 연합국들이 계략을 꾸몄다는 말도 있지. 한데 중요한 점은 뮈란드가 완전히 몰락했다는 사실. 그것도 한 사람이 이끄는 군단에 의해서 말이야."

데일은 뒤통수가 뜨거워지는 느낌을 받았다.

"자유무역연합 제 1보병군단, 거기 군단장이었던 폴몬트 디록. 아마 이 대륙에서 가장 강한 검사라지? 북부 전체의 영웅이기도 하고."

키릭이 거칠게 숨을 내쉬었다.

"반란 진압을 위해 출정하기 전, 자기가 이끄는 군단 내 뮈란드 출신 병사들 전원을 처형하는 것으로 반란군들의 사기를 완전히 꺾어 버렸다더군. 국경을 넘자마자 이제껏 보지 못했던 대학살을 감행했고. 남녀노소, 키우던 병아리 한 마리까지 반죽을 만들었다 하니까."

"그만해라."

키릭의 낮은 음성에 그와 친한 데일조차 소름이 돋았다.

"디록은 가장 앞서 힘없는 뮈란드인들의 목을 잘랐다고 하지. 그가 애용하던 클레이모어에 희생된 이들은 무려 만 명. 이건 아마 세계 신기록일 거야, 큭큭큭."

우지직.

키릭이 팔꿈치를 기대었던 책상의 일부가 깨져 나갔다.

"그는 후에 모습을 감추고 다시는 나타나지 않았대. 왜 일까? 필요 이상의 학살에 대한 죄책감? 어쩌면…… 천벌 을 받았을지도 모르지."

쿵!

키릭이 벌떡 일어났다.

그와 함께 후끈한 열기가 주변을 데운다.

"왜, 네 사부에 대해 언급하니까 기분이 나쁜가?"

키릭의 사부가 마스터 디록?

"어찌 알았느냐 묻는다면 네가 들고 다니는 클레이모어 에 새겨진 글자를 봤기 때문이라 말해 주지. 세이비어. 북 부어로 구원자라는 뜻 맞지? 그 이름과는 전혀 딴판이지만, 디록이 한시도 몸에서 멀리하지 않았던 거대한 검. 그게 너한테 있으니 짐작하기 어렵지 않더라."

"죽고 싶나."

"좋았어!"

루산이 기다렸다는 듯 신나하며 자리에서 일어났다.

"이제 반응이 오는군. 얼마나 기다렸는지."

루산은 일부러 키릭을 도발하기 위해 불편한 이야기를 꺼낸 것이었다. 키릭은 거기에 보기 좋게 넘어갔고.

"너 정말 싫다."

키릭이 이를 갈며 말했다.

"나도. 넌 정말 재수 없어, 죽이고 싶을 정도로."

밀리지 않고 답하는 루산.

"처음 볼 때부터 싫었다."

"난 태어나기 전부터 너 싫었거든?"

키릭의 주위에 감도는 열기와 루산이 내뿜는 냉기가 묘하게 어우러져 공간을 어지럽게 만들었다.

데일은 뜻밖의 상황에 멍한 얼굴을 할 뿐이었고, 리디아는 머리가 아픈지 관자놀이를 꾹꾹 눌렀다.

"둘 다 쫓겨나고 싶어?"

리디아의 말에 키릭은 잠시 쥐었던 주먹을 풀었으나 루산은 여전히 올린 입꼬리를 내리지 않고 키릭을 노려보았다.

"자신 있으면 덤벼 보시든가. 한 대 정도는 맞아 주지."

얄밉게도 뺨을 쏙 내밀며 키릭을 놀리는 루산이었다.

그가 원하는 대로 키릭이 행동한다면 정말로 죽을 수도 있다. 물론, 평범한 인간이라면.

으드드득.

키릭이 다시 주먹에 힘을 가했다.

뜨거움이 가득한 푸른 기운을 담은 채.

닿는 모든 것을 파괴시킬 것만 같은 힘.

키릭의 무력은 이곳에 있는 모든 이들이 상상도 할 수 없을 정도.

만약 데일이 키릭과 함께했던 여정 동안 있었던 일들을 빠짐없이 보았다면 분명 키릭을 말렸을 것이다.

하지만 데일은 그것들을 보지 못했다.

그 당시, 자신조차 모르는 미지의 힘이 데일의 의식을 붙잡고 있었기 때문.

"키릭."

데일이 드디어 입을 열었다. 그의 힘을 알고 루산을 걱정해서가 아니었다.

"기억 안 나? 우리 둘이 함께 대학에 들어가 훌륭한 사람이 되어 졸업하자고 했던 말."

"……."

"아울도, 너를 이끌고 오셨던 분도 그것을 바라고 떠나

셨다면서."

아울이라는 이름과 키릭의 안내자였던 이에 대해 데일이 말하자 키릭의 눈이 살짝 누그러졌다.

그러나 그 속에는 어떤 추억이나 그리움이 아닌 미세한 슬픔 같은 것이 들어 있다.

키릭은 자신의 손을 잡고 있는 데일을 내려다보았다.

이 작은 친구는 모른다.

그들에게 어떤 일이 일어났고 어떻게 되었는지를.

그리고 자신과 데일이 합숙소에 이르기까지 겪어야 했던 피와 죽음의 길에 대해서.

"부탁한다……. 끝까지 놓지 말아 줘."

"무엇을 말입니까."

"이 세계의 운명을 쥐고 있는 데일의 손을…… 그러니까."

"……."

"둘이 함께 대학 가서 열심히 공부하라고."

숨 넘어가는, 그러나 유쾌한, 어떤 이의 음성이 키릭의 귓가를 스친다.

"비숍……."

누군가의 이름을 부르는 것을 끝으로 키릭의 몸에서 푸

른 기운이 사그라졌다.

"쳇!"

루산이 혀를 차며 절호의 기회를 날려 버린 것에 대해 안타까워했다.

만약 키릭이 먼저 선방을 날렸다면 충분히 버텨 낼 자신이 있었다.

그리고 절대 반격하지 않고 끝까지 버틴다면 일방적인 폭력의 주체인 키릭만 벌을 받을 것이었다.

합숙소 규칙에 따라 짐을 싸서 나갈 확률이 컸고, 그렇게 된다면 이 알 수 없는 분노의 근원은 사라진다.

더불어 키릭에게 가 있는 리디아의 시선도 빼앗아 올 수 있고.

하지만 저 작은 금발 녀석이 끼어들어 계획을 다 망쳐 버렸다.

딩! 딩! 딩!

교실 바깥에서 맑은 종소리가 들렸다.

이 소리는 틀림없이 사감이 자신의 등장을 알리는 신호.

긴 지루함이 끝에 데일의 눈이 반짝거렸다.

드르륵.

앞문이 열리고 하얀 정복을 입은 사감이 들어왔다.

중간 키에 엄격해 보이는 얼굴, 비교적 매끈한 피부를 소유했지만 반백에 가까운 머리카락을 단정하게 빗어 넘긴 사감은 잠시 벌어졌던 소란을 알고 있음에도 모른 척하며 딸랑거리던 작은 종을 교탁에 내려놓았다.

"다들 기립."

낮지만 똑똑히 들리는 그의 말에 데일과 리디아가 제일 먼저 일어났고, 키릭은 그보다 약간 늦게, 마지막으로 루산이 귀찮다는 표정을 지으며 섰다.

"정확한 시간을 어겼다고 해서 너희들에게 욕먹어야 할 이유는 없다. 난 사감이니까."

"혈."

"특히, 너. 앞으로 그 입 웬만해서는 다물고 다니는 게 좋을 거야."

루산을 삐딱하게 내려다보며 말하는 사감의 이름은 밸류.

그에게서는 왠지 형용하기 힘든 위압감 같은 것이 있었다.

"지난 7일간 편안하게 잘 지냈나."

"예. 여행의 피로가 완전히 사라졌습니다."

데일의 대답에 사감이 작게 미소를 지었다.

"그런 듯하군. 처음 네가 키릭의 품에 안겨 이곳에 왔을 때는 비에 젖어 볼품없는 고양이를 연상시켰으니까."

데일이 빨개진 얼굴을 푹 숙이며 부끄러워했다.

"키릭."

"……"

밸류가 키릭을 호명했으나 그는 말없이 짧게 고개를 숙일 뿐.

"뭐, 과묵함이 네 특기라면 인정해 주지. 음식은 입에 맞던가?"

"……기름기가 너무 없더군요."

키릭의 답변에 루산이 큭큭 거린다.

"여긴 북부가 아니다. 그러니 적응하도록 해."

밸류가 말을 마치고 리디아를 바라보았다. 한층 부드러워진 얼굴을 하고서.

"우리 숙녀 분은 배움을 향한 열망이 넘치는군."

"제게 주어진 귀한 자리를 빛내는 것 또한 제 의무니까요."

"후훗, 그래. 좋은 자세야. 미켈리안 대령께서는 잘 계신가."

"그분을 선명하게 기억하고 계신다면 아마 그 모습 그대로일 겁니다."

"마음에 드는 대답이로군."

밸류가 어울리지 않게 즐거운 웃음을 보였다.

"오늘 내가 너희를……."

"저는요."

루산이 밸류의 말을 끊었다. 순간 확 하고 일그러지는 밸류의 표정.

"음, 저는 더없이 평온하고 행복한 한때를 보내고 있습니다. 하루하루가 신비롭다고나 할까요? 넓은 정원에 넘치는 꽃과 나비, 아름다운 분수에 퍼지는 무지개. 산꼭대기에서 아래로 흐르는 시원한 바람과 이가 빠져 버릴 만큼 시린 우물. 모든 것들이……."

"되었다, 거기까지."

"……쳇."

루산은 저 나무 토막 같은 사감이 자신을 싫어하고 있음이 분명하다고 생각했다.

"오늘 내가 너희를 모이라 한 것은 본격적인 시험과 수업을 앞두고, 높은 분께서 너흴 격려하고자 방문하셨기 때문이다. 예정보다 약간 늦게 도착하셨기에 너희가 작은 소란을 피울 기회도 있었겠지. 그럼."

밸류가 교탁에서 잠시 물러나며 입구를 향해 깊게 고개를 숙였다.

입구를 통해 들어온 이는 푸른 비단 재질로 만든 고급 의상을 걸친 노년의 남성이었다.

제국을 대표하는 여덟 가문 중 하나인 안첸트의 문장을 양각한 배지가 그의 소매에 달려 호사스러움을 뽐낸다.

즉, 귀족 중의 귀족.

로슈르 제국인인 데일과 리디아는 그를 보고 놀란 얼굴을 하였으나, 키릭과 루산은 표정의 변화가 전혀 없다.

"차렷! 부총장님께 대하여 경례."

부총장이라면 국립대학교의 부총장을 말함이다.

입학과 졸업 때가 아니면 그림자조차 보기 힘들다는.

얼떨결에, 또 황급히 경례를 마친 네 사람은 밸류의 지시에 맞춰 다시 착석했다.

"다들 반갑네."

마른 몸에 처진 눈을 하였지만 목소리만큼은 묵직한 부총장이 입을 열었다.

"정시에 도착하지 못한 점은 내 사과하지."

최상위 귀족에게서 사과의 말이 나오자 오히려 밸류가 당황해한다.

"황태자 전하께서 급히 본인을 찾으셔서 잠시 뵙고 오는 길이라네. 이해해 주시게나."

황태자와 교류를 할 정도로 높은 지위를 가졌던가.

데일은 지금 그런 고위 인사를 마주했다는 것에 가슴이 두근거렸다.

"여러분들은 우리 제국의 귀한 인재라네. 앞으로 만 년, 십만 년을 이어 갈 찬란한 로슈르의 기둥들. 자네들의 빛나는 눈동자와 마주하니 정말 기쁘기 그지없구먼. 본인도 여러분들과 같은 나이에 그 자리에서 눈을 빛내고 있었지."

"부총장님께서도 이곳을……."

"그럼. 아무리 귀족이라지만 자격이 없다면 들어갈 수 없는 곳이 국립대학교의 문이야. 나도 자네들처럼 여기서 여러 시험을 거치고 교양과 지혜를 인정받은 후에야 자랑스러운 국립대학생으로 자리할 수 있었다네."

데일은 심장이 격하게 뛰는 것을 느꼈다.

자신 같은 평민이, 그것도 제국의 중심부에서 먼 시골 출신인 자신이 제국의 기둥으로·성장할 수 있는 기회를 맞이했기 때문이었다.

"내 오늘 여러분들을 보고자 함은 다른 것이 아니라네. 수년 만의 특채에 뽑힌 훌륭한 재목들을 보고 싶어서야. 젊고 유능한 이들과 마주하는 것은 본인 같은 노인들에겐 큰 즐거움이니까."

부총장은 듣기 좋은 부드러운 음성으로 네 아이들에게 편안함을 주었다.

"데일 잉그하임."

"예…… 넵!"

"총명하기로 소문난 자네를 보게 되어 기쁘네. 누구의 추천을 받았는가?"

"비, 비스텐지아 농업학교 교장선생님이 최종 승인하셨고, 문학교사 아타르 슈네인의 추천이 있었습니다."

일개 농업학교의 교사와 교장의 추천 정도로는 특채를 꿈꾸기 힘든 것이 사실이다.

국립대학에 슈네인 선생의 친구가 있다고 해도.

"슈네인…… 내가 아끼던 제자였지. 여전히 겉멋만 들어 잘난 척하고 있겠지?"

"그, 그게. 슈네인 선생님은 저에게 큰 꿈을 주신 분이십니다. 겉멋은 여전하지만요."

부총장이 옛일을 떠올리는 듯 빙그레 웃으며 고개를 끄덕였다.

"리디아 힐겐."

"예, 부총장님."

"자네가 이룬 기적은 이곳에서도 익히 들었네. 제국을 대표해 감사를 전하지."

"황제 폐하의 신민으로서 당연한 의무입니다. 전…… 아직도 그곳을 잊지 못해요."

"언젠가 자네가 더 훌륭한 인물이 되어 그곳으로 갈 일이 있을 게야. 자네의 손길과 마음의 힘은 남부 제국군에겐 상징과도 같으니."

리디아가 부총장을 향해 고개를 숙이며 어쩔 줄 몰라 한다.

"루산 보우면. 우리 제국을 돌아보니 어떠한가."

"어라? 어찌 아셨어요?"

루산은 놀란 음성으로 부총장에게 반문했다.

밸류의 표정이 찌그러지는 것을 모르고서.

"학생의 신상 정도는 당연히 알아야겠지. 놀라지 말게나."

루산은 이들이 자신에 대해 생각보다 많은 것들을 알고 있음을 깨닫고 심장이 뜨끔해졌다.

"출신을 떠나서 우리 제국은 인재를 환영한다네. 자네의 실력과 기지, 경험은 분명 자네를 높은 자리로 인도할 게야."

"⋯⋯."

"키릭."

키릭이 조용히 눈을 빛내며 고개를 들었다.

"방금 들었겠지만 우리는 출신을 따지지 않네. 자네가 북부인이라 해도."

"⋯⋯전 기억조차 하지 못합니다. 전 그저 키릭이라는 이름을 가진 '인간'입니다. 제게 고향은 의미가 없습니다."

키릭은 유독 인간이라는 단어를 강조한다.

그 대답에 부총장은 만족스러운 듯 만면에 미소를 머금었다.

"⋯⋯디록 경께서는 잘 계신가."

순간 키릭의 얼굴이 진지해졌다.

"솔직히 나도 놀랐다네. 아주 오랫동안 잊고 있던 이름이었어."

"아마도 모든 이들의 기억에서 사라진 이름일 겁니다."

"젊었을 때 그분과 마주했던 적이 있다네. 알다시피 제국의 귀족은 반드시 제국군에 입대해 일정 기간 동안 복무해야 한다네. 그 당시 북쪽 국경에서 연합의 군단장이던 디록 경과 인사를 나누었지. 세상에 그렇게 강인한 사내를 본 적이 없었다네. 나이가 들어서도 변함없으신가?"

"아직도 눈빛만으로 마음에 안 드는 자의 팔 하나 정도는 자르실 수 있습니다."

"그렇군. 껄껄껄."

부총장이 진심으로 즐거운 듯 호탕하게 웃었다.

잠시 훈훈한 분위기가 계속 이어졌다.

"질문은 하나만 받겠네."

다들 딱히 할 말이 없는지 부총장의 얼굴만 바라보았다.

그때 리디아가 손을 들었다.

"이번 특채 인원은 총 다섯이라 알고 있습니다. 한데 저희는 아직……."

"부총장님 실례가 안 된다면 제가 대신 설명해도 되겠습니까."

밸류가 나서서 입을 열었다.

부총장은 고개를 끄덕이며 그에게 답을 대신하도록 허락했다.

"원래는 다섯이 맞아. 나머지 한 명은 꽤 먼 곳에서 출발했지. 그런데 예정보다 너무 늦어진 것이 사실이다. 따라서 일정 기간을 더 두고 보다가 그래도 늦는다면 탈락시키기로 결정되었다. 사정이야 있겠지만 결과적으로는 게으르다는 뜻 외엔 해석할 수 없으니까. 또 너희를 언제까지 아무런 교육 없이 이대로 둘 수도 없어. 너희가 먹은 음식들과 앞으로 먹게 될 음식들, 편안한 기숙 생활 비용과 지급받게 될 교복, 각종 문구류, 교보재, 등등. 이 모든 것들이 제국민들의 세금으로 이루어진 것들이야. 무슨 말인지 알거라 믿는다."

데일은 밸류의 뜻을 짐작하고 작게 고개를 끄덕였다.

이후, 부총장은 몇 마디의 덕담을 더 건넨 뒤, 마지막으로 격려의 말을 남겼다.

"자네들은 제국을 이끌어 갈 인재로 인정받은 소중한 이들이라네. 거듭 당부하지만 그 지식과 가진 능력을 잘 발휘해 누구보다 훌륭한 사람으로 살아가길 바라네."

데일은 이번에는 힘차게 고개를 끄덕였다.

"……어떠한 고난과 위협이 자네들 앞에 있더라도……."

이 말은 무엇을 뜻하는 것일까. 총명하기로 유명한 데일도 부총장의 말을 깊게 생각하지 못하고 그냥 흘렸다.

"부디 미래를 빛내 주게. 인간이 인간으로서 살아갈 수 있는 길을 자네들에게 맡기지."

"기립!"

밸류의 구령에 모두가 일어섰다.

"좋은 말씀 감사합니다."

"아닐세. 저들을 본 것은 내게도 영광이요, 축복이니까."

밸류와 부총장은 몇 마디 말을 더 나누며 곧 교실 밖으로 나선다.

다들 부총장이 남겨 준 여운을 음미하며 자리에 앉았다.

그리고.

다른 이들은 모르겠지만 데일은 분명히 들었다.

문이 닫히며 그 뒤편에서 작게 중얼거리는 부총장의 목소리를.

"자린을 위하여……."

4장
지켜보는 시선

RAJARIN

"헛!"

넓게 조성된 잔디 운동장에서 때 아닌 소년의 비명이 울렸다.

"꽉 잡아야지!"

누군가 호통을 치며 소년의 어설픔을 탓한다.

말에 올랐다가 곧바로 땅에 떨어진 데일은 욱신거리는 엉덩이를 주무르며 간신히 일어났다.

"잉그하임. 너, 말 타 본 적 없어?"

승마 교관이 한심하다는 듯 데일을 보며 말했다.

"죄송합니다."

"농촌 출신 아냐?"

"어머니께서 공부만 하라고 하셔서……."

"끙."

교관은 자신이 가졌던 농촌에 대한 선입관을 이 순간부터 고치기로 마음먹었다.

"힐겐."

"예."

"이번엔 네가 말에 올라 봐."

"예."

리디아는 방금 데일이 오르려다 실패한 말에게 다가갔다.

다정한 눈빛으로 말을 뺨을 쓰다듬던 리디아는 곧 익숙한 자세로 훌쩍 말에 오른다.

"그래, 그렇지."

만족스러워하는 교관을 향해 방긋 웃어 주는 리디아.

데일을 일으켜 흙을 털어 주는 키릭과 달리 뒷짐을 진 채 서 있던 루산은 그 모습에 멍한 표정이 되어 넋을 잃는다.

검은색 바지에 하얀 블라우스 교복을 입은 리디아는 정말로 눈부셨다.

그동안 그녀의 얼굴을 가렸던 베일도 사라지고 없는 지금, 마치 태양이 리디아를 따라다니며 빛을 내려 주는 것만 같았다.

"말을 달려 본 경험이 있군."

"어렸을 때 조금요."

"좋아. 그럼 지금부터 내 지시에 맞춰 한 걸음씩 옮겨 보자."

타박, 타박.

본격적인 수업이 시작된 지 3일이 흘렀다.

처음 이틀간은 제국의 역사와 체제, 지리와 인문에 관한 수업을 들었다.

무엇을 생각하는지 알 수 없을 정도로 말이 없던 키릭.

너무 지루한 나머지 발작을 일으키기 일보직전까지 갔던 루산.

펜으로 강사의 말을 받아 적으며 공부에 집중하던 리디아.

그리고 전 수업에 걸쳐 단연 돋보였던 데일.

그 자신의 전문 분야라 할 수 있는 강의에서 데일은 크게 칭찬을 들으며 수업 말미에 진행한 쪽지시험에 만점을 받았다.

그러나 오늘부터 예정되었던 야외 교양 수업을 맞이해 데일은 큰 낭패를 당했다.

말에 올라보기도 전에 굴러 떨어져 급우들 앞에서 망신

을 당했을 뿐만 아니라 수업 첫날의 평가에서 최하점을 받을 위기에 처한 것이다.

로슈르 국립대학교에 입학해 우수한 성적으로 졸업 후 국가기관에 들어갈 자격을 얻으면 황제로부터 작위를 수여받을 수도 있었다.

다시 말해, 평민에서 귀족의 지위로 격상된다는 의미.

하지만 귀족이라면 당연히 익혀야 할 승마와 검술 같은 과목에서 낙제를 받는다면……

스스로 몸치임을 잘 아는 데일로서는 크게 걱정하지 않을 수 없는 부분이다.

다그닥, 다그닥!

어느새 리디아는 크게 원을 그리며 운동장을 달렸다.

교관이 계획했던 진도를 몇 단계나 뛰어넘어 버린 그녀의 실력에 데일은 부러움 가득한 시선을 보낸다.

"걱정 마."

키릭이 그 기미를 알고 데일에게 말을 걸었다.

"오늘 밤에 내가 널 키리코에 태워 특훈을 시켜 주지. 내일 아침이면 엉덩이에 물집이 잡힐 정도로."

"끅."

데일은 키릭이 타고 온 검은 말, 키리코를 떠올리며 겁에 질렸다.

"후우."

리디아가 몇 바퀴를 더 돌고 자리로 돌아왔다.

교관의 칭찬을 받으며 말에서 내린 그녀의 주변에 은은하게 무지개가 아른거리는 것만 같다.

"힐겐, 네가 말을 다루는 솜씨는 우수한 편이다. 하지만 국립대학생으로서 갖추어야 할 교양과는 약간 거리가 있다. 달리고 뛰는 것만이 아닌, 우아함이 필요해. 그것은 다른 나라들과 구별되는 제국 여성 귀족들만의 상징이다. 다음 수업부터는 그쪽에 집중하는 법을 알려 주마."

리디아는 귀족의 명예를 원하지 않았기에 뭐라고 말하려 하였으나 곧 입을 다물고 고개를 끄덕였다.

교관의 시선이 키릭에게 닿았다.

팔짱을 끼고 교관의 눈을 바라보는 키릭.

"넌 오늘 수업 열외."

"왜요!"

그의 말에 오히려 루산이 반발했다.

"저 녀석은 일단 기본적으로 갖출 건 다 갖췄어. 타고 온 검은 말을 보면 알 수 있지. 내가 올라가 보려 했더니 심하게 반항하더구나. 야생마를 길들인 것이 확실해. 따라서 키릭에게는 기본 수업은 불필요하지. 나중에 기사단의 필수라 할 수 있는 품위만 가르치면 돼."

루산은 교관의 말에 허점이 없음을 알고 짜증스러워했다.

나름대로 키릭을 경쟁자로 여기고 있는 루산으로서는 적어도 그와 같은 대접을 받아야 한다는 생각이 깔려 있었기 때문이다.

"그래서 다음은 너다, 보우먼."

"끄응……. 저도 말 타 본 적 없어요. 샤벨 타이거나 곰이라면 모를까."

"일단 나와."

루산의 눈에 리디아와 호흡을 맞추었던 말의 몸에서 열기로 인해 땀이 증발, 허연 김을 올리는 것이 보였다.

"거기 발 걸치고 위쪽에 튀어나온 것 있지? 그거 잡고 단번에 쭉 올라가."

루산은 대답 없이 교관의 지시에 따랐다. 훌쩍 몸을 올려 안장에 엉덩이를 올리는 루산.

순간 몸이 크게 흔들리며 균형을 잃는다.

"쯧쯧."

교관이 그 모습을 보고 혀를 찬다.

'이 자식이.'

루산은 알았다. 말이 일부러 뒷다리를 살짝 구부려 자신을 휘청거리게 만든 것임을.

아마 리디아를 태우고 달리다 그녀의 신비한 힘에 이끌

려 리디아를 주인으로 생각해 버린 것이 분명했다.

따라서 자신은 불청객. 어쩌면 말이 루산을 거부하는 것
도 당연했다.

"자연을 벗 삼아 야생을 뛰어다니던 사냥꾼 출신께서 겨
우 길들인 말에 오르는 데 과도한 몸짓을 해서 쓰겠나. 무
시무시한 야수들도 등을 허락하지 않았던가."

교관의 놀림 비슷한 언사에 루산의 눈매가 일그러졌다.

루산은 슬쩍 급우들이 있는 방향으로 고개를 돌렸다.

키릭은 일부러 자신 쪽에 눈을 두지 않고 있으며, 데일은
두 손을 모으고 침을 꿀꺽 삼키는 중이다.

루산은 이들 둘에게 자신이 어떤 추태를 보여도 상관이
없었다.

오로지 리디아.

리디아에게 만큼은 멋진 남자로 각인되는 것이 목표.

"후우우……."

툭.

루산은 앞서 본 것처럼 말의 배를 툭 찼다.

"……."

"어, 어이."

툭. 툭.

"허, 말에게 지금 무시당하는 건가."

교관은 한심하다는 투로 말했다.

순간 루산의 몸에서 냉기가 스멀스멀 올라왔다.

"그만. 모든 수업에 있어서 너희의 특별한 능력은 사용 금지다."

"칫."

루산이 리디아를 또 돌아보았다.

그러나 그녀의 시선은 자신에게 있지 않았다.

'젠장.'

리디아는 키릭을 바라보고 있었다. 부끄러움도 잊은 채 아련한 눈길로.

"다섯을 셀 때까지 한 걸음이라도 못 옮긴다면 보우먼, 너도 오늘 수업에서 잉그하임과 마찬가지로 최하점이야. 하나."

루산이 고개를 살짝 숙였다.

그리고 손을 뻗어 말의 귀를 잡아당겨 입을 그 근처로 가져갔다.

"둘."

말에게 무언가를 중얼거리는 루산. 키릭이 그의 행동을 흥미롭게 지켜본다.

"셋."

히힝—

말의 긴 얼굴이 부들부들 떨리는 것이 데일의 눈에 비쳤다.

툭.

팟!

루산이 아까보다 훨씬 가볍게 말을 배를 찼다. 그와 동시에 말이 훌쩍 뛰어오른다.

*　　*　　*

"아까 뭐라고 한 거야?"

데일은 수업을 마치고 힘없이 걷다가 교복에 묻은 먼지를 툭툭 터는 루산을 발견하고 다가가 물었다.

루산이 말을 출발시켰을 때, 교관도 놀랄 정도로 말은 순식간에 앞으로 뛰쳐나갔다.

익숙하지는 않아 보였지만, 그럭저럭 균형을 유지하며 빠르게 운동장을 돌아 버리는 루산은 언제 그랬냐는 듯, 아까와는 딴판으로 신나게 소리마저 질렀다.

그런 갑작스러운 변화에 교관은 할 수 없다는 투로 루산 역시 다음 수업부터는 바로 몇 단계 위의 기교를 가르치기로 하고 당일 수업을 마쳤다.

"왜, 저 동물이 내 말을 알아듣기라도 했을까 봐?"

"……그냥 궁금해서."

지푸라기라도 잡고 싶은 심정에 데일은 진지한 얼굴로 말했다.

"흠, 나중에 맛난 당근, 실컷 먹여 준다고 했지."

짓궂은 표정으로 짧게 말을 마친 루산은 곧 리디아의 뒷모습을 따라 서둘러 운동장을 벗어났다.

좌절한 데일이 땅만 바라보며 한숨을 쉬고 있을 때, 키릭이 그에게 다가왔다.

키릭은 데일의 어깨에 손을 올린 뒤 입을 열었다.

"……린다고 했다."

"응?"

데일은 키릭이 했던 말의 앞부분을 제대로 듣지 못해 다시 물었다.

"죽여 버린다고 했다."

"뭐?"

"저 녀석, 진심을 담아 협박했다."

"도, 동물을 협박했다고? 죽여 버린다?"

끄덕.

입만 벙긋거리는 것 같았던 루산의 말을 알아들은 키릭도 신기하지만, 인간의 언어를 모르는 짐승에게 죽이겠다 협박한 루산은 그야말로 괴짜다.

그에 반응한 짐승도 이해할 수 없기는 마찬가지.

"인간끼리만 마음이 통할 수 있다는 생각은 접어."

"난 잘 모르겠어."

데일의 한숨이 더 깊어졌다.

"혹시 그럼 나도 죽인다고 해 볼까? 그럼 얌전해질지도……."

"키리코에게는 안 하는 것이 좋아. 정말로 사람 말을 알아듣는다."

"으!"

네 아이들이 승마 수업을 마치고 돌아가는 운동장을 내려다보는 이들이 있었다.

합숙소 부지 중앙에 높이 솟은 탑.

그 꼭대기에는 태양의 제국, 로슈르를 상징하듯, 비상하는 불새를 음각한 원형 철판이 햇빛을 반사하며 눈부시게 빛난다.

바로 아래에는 그와 대조적으로 어둡기만 한 공간이 존재했다. 그리고 그 안에서 두 사람이 네 아이들을 향한 시선을 거두지 않고 있었다.

"신기하다고 해야 할까요."

낮은 음성으로 말을 꺼내는 이는 사감, 밸류였다.

"새삼스럽게."

밸류의 말에 응답하는 이는 이 합숙소의 소장, 갈리우스.

"우리의 역사 속에서는 흔히 볼 수 있는 능력들이 아니던가. 아무리 과학이 세상을 지배하는 시대라지만."

갈리우스의 말에 밸류가 빙그레 웃었다.

"역시 코치들이 저들을 훌륭히 성장시켜 주었습니다. 특히, 키릭은 말이지요."

"그래. 정말로 괴물을 만들어 냈어. 아니, 원래의 자리로 잘 이끌어 주었다가 정답이겠지."

"솔직히 잉그하임은 좀 실망스럽습니다."

"……."

갈리우스는 침묵으로 긍정을 표현했다.

"아타르 슈네인이라면 그의 진정한 능력을 일깨워 줄 것으로 기대했지요. 한데 오히려 처음 보고를 받았던 것보다 훨씬 퇴보한 듯합니다."

"2년 전…… 저 아이의 아비, 로그 잉그하임이 전사했다지? 그때 이후로 우리가, 주인께서 바랐던 능력이 더 이상 나타나지 않았다는군."

"정신적인 충격 때문일까요."

"그럴지도. 하지만 슈네인은 별말이 없었어. 답답한 건 오히려 우리였지. 주인께서도 슈네인을 무척 신뢰하시니까.

그냥 두고 보라는 식이었고."

"시간이…… 부족합니다."

"난들 어쩌겠나. 어디에 누군가가 그 시기를 앞당겼음이 확실하니. 롱 버트의 부활이 확인되었고, 또 그로 인해 우리의 피해도 만만치 않았지. 게다가……."

"키릭과 잉그하임에게 무슨 일이 있었는지 아무도 알지 못합니다. 스타비챠들이 전부 죽었고 폰, 비숍 또한."

"키릭이 저렇게 입을 다물고 있는 데에는 분명 이유가 있다네. 우린 그저 우리가 맡은 역할에만 충실하면 돼. 그리고 이라코스타의 일은 아직?"

"……예."

이라코스타라면 로슈르 제국이 위치한 트라폴리아 서쪽으로 아주 멀리 떨어진 대륙이다.

"폭풍우를 만났다고 해도 룩의 마법이라면 충분히 돌파할 수 있을 터. 다른 무언가가, 보다 상위의 존재가 개입했다는 뜻이야. 우리도 시간이 부족하지만 놈들도 필사적이니까."

"스타비챠 중 8개 전단이 투입되어 그녀를 찾고 있다고 합니다."

"……."

갈리우스는 미간을 좁히며 답답함을 드러냈다.

"언제까지나 특채라는 명분으로 이곳을 빌리기도 힘듭니다. 아시다시피 마르테 보리스의 사나운 개들은 작은 변화나 일 점의 어긋남에 무척이나 민감하니까요."

갈리우스는 주름 가득하고 하얀 수염을 기른 노인을 떠올리자 저도 모르게 입매가 찌그러졌다.

대체 자신들의 주인은 이러한 급박한 상황에도 왜 전면에 나서서 일을 처리하려 하지 않을까.

롱 버트가 깨어났고 태양이 닿지 않는 곳에서는 벌써부터 격렬한 싸움이 벌어지고 있다.

수백이 넘는 스타비챠가 허무하게 죽었고, 조직 최강이라 자부하던 피스들 중 나이트, 비숍, 폰이 생을 다했다.

커맨더 모로는 실종 처리 되었지만, 그 또한 죽었을 것이다. 또 위성도시 하르실라 일부가 불바다로 변해 제국의 사냥개들을 자극했다.

무엇보다 두려운 것은 제르 호바의 예언.

적어도 몇 백 년은 더 지나야 실현될 것으로 여겼건만 어째서인지 약 20년 전에 첫 번째 징조가 일어났다.

옛 학자들의 해석이 잘못되었던 것일까. 하긴 벌써 5천 년이 지나 버렸으니 어느 정도의 시간적 오류는 이해할 만하다.

다행이었던 것은 지금 세상에 예언에 등장하는 다섯 존

재들이 동시에 태어났다는 점.

첫 징조가 일어나고 얼마 안 되어 기다렸다는 듯, 그들은 모습을 보였다. 각기 다른 지역에서.

이는 예언의 시기상 오류를 빼고 보면 정확히 일치하는 순서였다.

그러나 하필이면 자신의 대에 재앙이 벌어질 것을 생각하니 갈리우스는 더욱 골치가 아파진다.

이러한 모든 사건에도 불구하고 조직의 주인은 침묵도, 외면도 아닌 모호한 태도를 보일 뿐.

그 무엇도 상관치 말고 그저 각자의 자리를 지키라는 것이 주인이 내린 마지막 명령이었다.

"……예언은 언제든지 빗나갈 수 있지."

"예?"

"예언이란 것, 이루어지지 않을 가능성도 있다는 말이야. 만약 정해진 운명대로 흘러간다면 저 넷은 지금 다섯이 되었거나 애초에 태어나지 않았을 수도 있어. 안 그런가?"

갈리우스의 말은 조직원들이라면 누구나 한 번쯤 생각했던 의문을 표현한 것이다. 어쩌면 이루어지지 않길 바랐던 마음을 대변하는 것일지도 모른다.

"아무튼 최선을 다해 주게."

"예."

*　　*　　*

키릭은 불바다 한가운데 서 있었다.

온몸에 깊은 상처가 가득했고, 아랫배가 갈라져 창자의 일부가 삐죽 튀어나온 채 꿈틀거린다.

누군가 키릭에게 고함쳤다. 피하라는 뜻일까.

어디선가 강렬하고도 뜨거운 기운이 키릭에게 쏟아졌다.

지이잉—

키릭은 팔을 들어 푸른 방패를 불러냈다.

콰콰콰콰!

불덩어리가 방패에 걸려 크게 타원을 그리며 흩어졌다.

키릭은 순간 자신에게 불을 쏘아 낸 존재의 눈을 보았다.

어둠. 그리고 그 안에서 노랗게 빛나는 눈.

눈 아래 눕힌 반달 모양으로 벌어진 입에서는 차가운 대기와 만난 열기로 인해 허연 김이 뿜어져 올라온다.

키릭은 자신도 모르게 오른손으로 잡고 있던 클레이모어를 힘주어 쥐었다.

마치 심장의 고동과 같은 규칙적인 진동이 이 거대한 검, 세이비어에서 느껴진다.

이제 끝장인가.

팅! 티잉!

검고 거대한 괴물을 공격하는 이가 있었다.

키릭에게 탈출할 시간을 벌어 주기 위한 마지막 발악.

괴물이 키릭에게서 시선을 돌려 방금 공격을 가한 자를 노려보았다.

이름이 뭐였더라……. 아, 그래. 폰.

데일의 곁에서 그를 지켜 온 보호자요, 동반자.

또한 비숍과 같은 조직의 일원.

왜 그들은 키릭과 데일을 위해 목숨마저 아끼지 않는 것일까.

아그작.

괴물의 눈길을 빼앗고, 또 공격을 계속하던 폰이 사라졌다.

괴물이…….

드래곤이 그의 상체를 씹어 삼키는 광경이 똑똑히 보인다.

인간의 피와 살점을 삼킨 것에 희열을 느꼈을까.

드래곤은 한껏 날개를 펼치며 환희를 담아 괴성을 지른다.

기회였다. 키릭은 남은 힘을 짜내어 놈에게서 멀어져 끝없이 달렸다.

얼마나 달렸을까. 키릭은 공간을 가득 채운 어둠 속에서 밝게 빛나는 점을 보았고, 그곳을 목표로 힘겹게 몸을 움직였다.

데일.

그곳에는 키릭의 유일한 친구가 된 작은 소년이 편안한 자세로 누운 채 여전히 꿈에서 깨어나지 못하고 있었다.

그리고 그 옆에는 피투성이 남자가 선혈을 줄줄 흘리며 키릭을 맞이한다.

그의 옆구리를 뚫고 들어간 녹슨 검이 반대쪽 어깨 위로 삐죽 나와 있는 것으로 보아 살기는 틀린 것 같다.

어둠에 가려진 그의 얼굴에서 조용히 퍼지는 웃음.

그 의미는 무엇이었을까.

그가, 비숍이 키릭에게 무언가를 말했다.

그것을 듣자 왜 이렇게 서글픈 감정이 일어나는지 키릭은 이해할 수 없었다.

잠시 후, 비숍이 서서히 사라졌다. 마치 처음부터 없었던 것처럼.

키릭은 천천히 데일을 안아 일으켰다.

친구의 온기가 상처 입은 키릭을 포근히 감싸 온다.

그릉.

놈이다.

하르실라의 일부를 불지옥으로 만들고, 수많은 사람들을 녹여 버린 드래곤.

폰을 씹어 먹었으며, 비숍이 녹터널 헌터들에게 비참한 모습으로 죽도록 만든 원흉.

저 괴물은, 저 추악한 드래곤은, 저 북부인의 이름을 가진 고대의 악몽, 헤테르프는.

키릭에게 지독한 원한을 가졌다. 그리고 키릭은 그 이유를 전혀 모른다.

가가가가가가!

크게 벌어진 드래곤의 아가리 속에서 밝은 빛이 올라왔다.

드래곤 블레이즈라……

하르실라 성벽이 녹아 흘러내릴 정도로 초극의 열기를 머금은 용의 불덩어리는 키릭도, 잠들어 있는 데일도 흔적조차 남기지 않을 것이다.

'디……'

키릭은 머릿속을 울리는 누군가의 목소리를 따라 말했다.

쿠아아아아!

어둠을 살라 버리고 둘에게 쏟아지는 블레이즈.

죽음을 눈앞에 두었음에도 키릭은 왠지 모를 따스함에 절로 미소를 지었다.

'디. 펜. 덤.'

환한, 그리고 뜨겁지 않은 빛이 둘을 감쌌다.

번쩍!

눈을 뜬 키릭이 제일 먼저 본 것은 천장에 매달린 방사형 모양의 등불 받침대들이었다.

온몸에서 흐른 땀이 침상을 가득 적셨고, 격렬하게 뛰는 심장은 도무지 진정될 기미가 없다.

잔뜩 긴장한 근육으로 인해 지급받은 잠옷이 찢어져 너덜거리는 것을 확인한 키릭은 곧 침상에서 일어났다.

'지독한 꿈이로군.'

꿈이었지만 그것은 실제로 일어났던 일이다.

잊고 싶으나 결코 잊어서는 안 될, 누구에게도 말하지 않았던 비밀.

그 사건의 한복판에서 살아남는 이는 키릭 자신과 커트라는 이름을 가진 제국군 하급 병사뿐이었다.

왜 그래야 했는지는 모르겠지만 키릭은 커트를 협박해 발설을 막고, 자신도 뇌 속 깊은 곳에 그날의 일들을 잠재워 두었다.

세상에 드래곤이라니……. 그것도 키릭과 데일을 잘 아는.

현실 세계의 법칙을 완전히 무시하는 능력자인 키릭도 드래곤이라는 과거의 망령을 보고 환상이 아닐까 하는 착각을 했었다. 그만큼 고대 하늘을 지배했던 최상위 포식자의 출현은 충격적인 것이었다.

그리고 마지막이라 여겼던 순간, 자신이 읊조렸던 단어.

이제는 전혀 기억이 나지 않지만, 그 단어를 말하자마자 마법과 같은 것이 키릭과 데일의 목숨을 구했다.

"후우⋯⋯."

데일은 그날의 일들을 알고 있을까.

눈을 감고 다 들었으면서도 일부러 모르는 척하는 것은 아닐까.

사건이 있고 다음 날 아침, 너무나도 차분하게, 너무나도 신비로운 얼굴을 한 채 눈을 뜬 데일.

데일은 키릭과 커트에게 많은 말을 하지 않았다.

그저 멀리 보이는 제국의 수도, 라로시르의 성벽과 황궁의 흐릿한 형체를 보며 눈을 빛냈을 뿐.

씁쓸한 표정을 지으며 키릭은 방을 나섰다.

터벅터벅.

어두운 복도를 벗어나 숙소 외부로 나온 키릭.

상의를 탈의한 채, 전사들의 상징처럼 여겨지는 검회색 가죽 바지와 검은 가죽 장화를 착용하고 나온 키릭은 사부 디록이 물려준 마검, 세이비어를 들고 숙소 마당에 섰다.

부웅—

차가운 밤공기를 가르는 검의 무게가 오히려 키릭에게

편안함을 준다.

원을 그리며 멈추지 않고 끝없이 휘도는 하얀 검의 궤적.

달빛을 받아 구슬프게 빛나는 검면은 언뜻 보면 아름답기까지 하다.

키릭은 눈앞에 놈이 있다고 상상했다.

사부를 떠나 세상에 나온 이후 처음으로 절망을 주었고, 죽음을 떠올리게 한 괴물을.

키릭이 세이비어를 휘두르는 속도가 점점 빨라졌다.

"당신께선 아직 깨닫지 못하셨군요."

뇌 어딘가에서 놈의 음성이 울리는 듯하다.

"복수는 정당한 권리라지요. 당신이 그런 연약한 육체에 깃든 지금이야말로 제겐 최고의 기회입니다. 먼 훗날 아버지께서 다시 세상을 향해 포효하실 때, 당신이 그분 곁에 계시다면 그때 죄를 청하지요."

아리따운 인간 여성의 몸을 하고 있을 때 어떻게든 끝장을 냈어야 했다.

"……인간의 육체, 인간의 마음, 인간의 기억. 제가 긴 시간 동안 울고 또 울면서 잊고자 했던 것들이었는데, 전 아직도 그것에 사로잡혀 있었나 봅니다."

헤테르프.
북부어로 '타락'이라는 뜻을 가진 드래곤의 이름.
"닥쳐."
쉬이익!
검이 놈의 잔상을 베었다.
그러나 인간의 형상을 한 드래곤은 그 모습 그대로 키릭을 비웃기만 한다.

"……오랜 세월은 당신들에게 독이 되었군요."

"입 다물라고!"
심장이 한 번 박동하는 찰나에 여섯 번의 공격이 들어갔다. 그러나 눈앞의 환영은 사라지지 않는다.
쾅!
묵직한 클레이모어가 큰소리를 내며 돌바닥에 박혔다.
"헉…… 헉……."

웬만해선 지치지 않는 키릭이지만, 이 순간 극심한 피로를 느끼고 검에 몸을 의지한 채 숨을 몰아쉬었다.

그날…… 이성을 잃은 듯했던 놈은 거대한 공간의 벽에 막혀 사라진 드래곤 블레이즈의 흔적 뒤편에서 한참을 그대로 있었다.

어떤 이유에선지 다시 정신을 차린 드래곤은 곧 인간의 모습으로 돌아와 키릭과 데일을 향해 작게 고개를 숙였다.

그리고 그녀는 후에 다시 만날 것을 말하며 떠나갔다.

키릭에게 절대적인 절망이라는 숙제를 남기고…….

"언제부터 거기 있었지."

숨을 고르던 키릭이 갑자기 입을 열었다.

"네가 닥치라고 할 때부터."

마당 구석, 달빛이 닿지 않는 곳에서 차분한 여인의 음성이 흘러나왔다.

키릭은 예민한 자신의 감각을 뚫고 들어온 존재가 누군지 알았다.

리디아 힐겐.

"경고한다. 다음부턴 함부로 나의 수련을 지켜보지 마."

"……."

리디아가 천천히 키릭을 향해 다가왔다. 그러나 키릭은

여전히 그녀에게 시선을 주지 않는다.

"그거…… 뭐였지?"

리디아가 키릭에게 물었다.

키릭은 무슨 소리냐는 듯 비로소 그녀를 응시했다.

"네가 베어 내고자 했던 허상. 그건 결코 인간이 아니었어."

"……너 무엇을 본 거냐."

여기서 리디아의 놀라운 능력 하나가 드러났다.

타인의 정신이 형상화한 환영을 그의 감정에 개입해 함께 느낄 수 있는.

"아무것도. 그냥 너의 흔들리는 마음이 가리키는 방향에 그것이 있다는 것만 알아."

리디아는 키릭이 떨쳐 내고자 했던 공포의 끝에서 심연과 흡사한 존재가 손짓하는 것을 느꼈다.

인간이 아닌, 보다 높은 세계에 위치한, 태고의 저주를 닮은 암흑.

"우리가 모르는, 어쩌면 영원히 몰라야만 할 진실. 그 어둠은 내게 그렇게 말하는 듯했어."

"내 입에서 험한 소리 나오기 전에 그만해라."

키릭이 벌떡 일어났다.

그리고 서둘러 숙소로 돌아가기 위해 몸을 움직였다.

리디아와 자리를 더 오래 했다가는 속에 두고 있는 무언가가 저절로 나올 것만 같았기 때문이다.

"마음의 짐이라는 거, 계속 두고 본다면 언젠가 화살이 되어 돌아와. 난 너의 마음을 누르고 있는 짐의 무게를 덜어 줄 수 있어. 나를 여기 있게 한 능력, 태양과 대지의 요정들이 준 치유의 힘으로."

남부 전장에서 간호사로 종군하며 수많은 병사들의 육체적 상처뿐 아니라 정신적 고통까지 보듬어 주었던 리디아였다.

그녀에 대해 외부로 알려진 바는 거의 없지만, 적어도 남부 제국군 내에서 만큼은 문 레이디, 리디아 힐겐을 모르는 병사들은 없었다.

리디아의 손은 죽어 가는 병사에게 온기를 돌려주었고, 리디아의 목소리는 절망에 빠진 부상병에게 희망을 떠오르게 했다.

일일이 설명할 수 없을 정도로 다양한 '기적'을 이룬 리디아.

그녀는 지금 자신의 능력으로 키릭의 어둠을 어루만지고자 했다.

그러나 키릭은 그녀의 호의를 거절했다.

그녀의 능력에 의문을 품어서가 아니었다.

리디아를 볼 때마다, 마치 또 다른 자신이 있어, 그녀를 멀리하라고 끝없이 소리치는 듯한 답답함이 몰려오기 때문이었다.

키릭은 세이비어를 질질 끌며 걸음을 옮겼다.

"너와 나…… 과거에 마주친 적 있어?"

뚝.

"없다."

"그렇지? 그런데……."

리디아는 키릭을 향한 자신의 마음을 이해할 수 없었다.

처음 눈이 마주친 순간부터 지금까지 한시도 키릭에게서 관심이 멀어진 적이 없었다.

왜?

대체 왜 그런지 아무리 생각해 봐도 그에게 끌리는 심정을 거두기 불가능했다.

키릭은 북부인이고, 리디아는 대륙 동쪽 볼라스카 지역민이다.

연결 고리 따위는 찾아볼 수 없는 두 사람이건만 아득한 과거에 손을 잡고 함께 하늘을 바라보았던 것만 같은 기이한 감정이 끓는 이유는 무엇일까.

그래서 더욱 키릭을 감싸고 있는 어둠과 고통, 표현할 수 없는 미지의 의무감에 대해 가슴이 아려 오는 것일지도 모른다.

숙소로 들어가는 키릭의 귀에 리디아의 한숨이 길게 들

려왔다.

시간이 조금 지난 뒤, 리디아도 조용한 걸음으로 자리를 떠났다.

그리고 잠시 후.

"짜증나."

뿌득. 뿌드득.

갑자기 입구 근처 기둥 옆에서 얼음이 깨지는 듯한 소음이 일었다.

아무것도 없는 공간에 느닷없이 부스스 잘게 쪼개진 얼음 조각을 흘리며 인간의 형체가 나타났다.

전신에 얇은 얼음막을 생성해 달빛을 흡수하여 반대쪽으로 통과시켜 버린 놀라운 은신 능력.

다름 아닌 루산이었다. 가벼움 속에 이런 힘을 갖추고 있었던가.

"초라해지는군…… 옛날처럼. 응? 옛날?"

루산은 저도 모르게 중얼거리다 말의 어폐가 안 맞음을 인식하고 스스로 당황해 버린다.

"이봐, 이봐, 리디아. 나도 저놈 못지않게 상당히 심각한 상황을 겪었다고."

루산 또한 리디아와 합류하기 전까지 라로시르로 향하는

길에 엄청난 괴물들의 습격을 맞이했었다.

다만 그런 좋지 못한 기억들의 편린이 외부로 드러나지 않았기에 리디아를 제외한, 다른 이들은 루산의 손에 덕지덕지 묻어 있는 피의 흔적들을 볼 수 없었을 뿐.

그것은 루산 특유의 밝은 성격 때문일까, 아니면 실제로는 냉혹하기 그지없는 그의 본성 때문일까.

쉬이이잉—

바람이 루산의 몸에서 은빛 조각들을 모조리 날려 주었다.

'키릭, 너만 이 특채라는 헛짓거리에 대해 의문을 품고 있는 것이 아니다.'

루산은 스스로를 너무나 잘 안다.

연고도 없는 트라폴리아 대륙에 홀로 남겨진 이방인인 자신은 그저 다른 사람들에겐 없는 기이한 능력을 가진 사냥꾼일 뿐이었다.

그런 루산에게 친절하게도 숙소와 먹을 것을 제공해 주며 시험을 제안했던 포트 노틀의 늙은 사령관.

그는 말년에 얻은 재미라며 마지막 시험을 마친 날, 국립대학교 특채 입학 추천서를 내밀었었다.

루산은 사령관의 선물이 정확히 무슨 의도인지 몰랐지만 스스로 생각해 봐도 너무나 과한 것이었다.

일개 고아 사냥꾼에게 이름만 들어도 대단하게 느껴지는

국립대학교라니…….

게다가 자신을 습격했던 괴인들. 이유도 목적도 없이 그저 루산의 머리를 가져가겠다는 일념만이 가득했던 그들은 예전에 얼음 대지에서 보았던 괴물들과 상당히 비슷했다.

여기서 첫 번째 의문이 생긴다. '왜' 라는.

혹시 루산이 사령관의 뜻에 따라 제국의 수도인 라로시르로 가는 것을 막겠다는 것이었을까.

죽음의 위기 이후, 리디아를 만나고서야 루산은 뭔가 감을 잡았다.

아니, 정확히 얘기하자면 그녀와 동행해 수도까지 길을 안내했던 제국군 여장교 마리안과 나눈 마지막 대화를 통해서 이 특채라는 명분 뒤에 음모가 있음을 확신했다.

의문을 풀기 위해, 그리고 첫눈에 반한 리디아를 보호하기 위해 선택한 국립대학교.

과연 그 끝에는 무엇이 있을까.

'그런데 마지막 한 명은 대체 누구지. 우리 모두에게 그랬듯 미지의 괴물들이 나타났음은 분명할 테고. 설마 죽기라도 했나? 하긴, 능력 부족이라면 어쩔 수 없겠지만.'

루산의 몸이 흐릿하게 변해 사라지는 것을 마지막으로 숙소 앞마당은 완전한 고요에 잠긴다.

같은 시각, 대륙 서쪽 끝.

옛 누미비아의 이름을 그대로 간직한 해안 지역.

모래사장 멀리 밤바다 위로 삐죽 솟은 암초에 파도가 부딪친다.

대낮에도 어부들이 배를 대기 꺼려 할 정도로 위험한 이곳에는 말없는 달빛만이 바다 위로 긴 빛줄기를 드리우고 있다.

턱.

유난히 뾰족한 바위에서 무언가가 나타났다.

달을 등진 어두운 그림자는 분명 인간의 것.

얼음보다 시린 바닷물을 뚫고 올라온 인간은 매서운 추위에도 전혀 몸을 떨지 않는다.

한데 옷이 물에 젖어 몸에 착 달라붙은 굴곡이 무척이나 부드럽고 풍성했다.

길게 풀어진 검은 머리칼. 하얗게 드러난 뒷목의 곡선.

틀림없는 여성.

으드득.

여인이 이를 갈았다.

"울지 않아…… 울지 않아."

그녀는 로슈르어가 아닌 생소한 언어로 중얼거리며 누군가를 향해 끝없는 적개심을 드러냈다.

"빌어먹을 로슈르. 고집불통 아버지. 미친 사부. 썩을 놈의 룩……. 역겨운 괴물놈들."

여인의 입에서 나오기 힘든 욕이 자연스럽게 쏟아지는 것으로 보아 큰 고생을 했거나 정신이 온전치 않을 수도 있다.

순간 여인의 얼굴이 달빛을 받아 완전히 드러났다.

작게 찢어져 살짝 올라간 눈. 낮지만 끝이 도톰히 올라간 코. 가늘고 빨간 입술에 백옥처럼 하얀 피부.

전형적인 이라코스타 대륙의 미인상이다.

여인은 그렇게 한참 동안 이를 갈아 대며 욕설과 함께 분노를 발산했다.

어느 정도 시간이 흐르자 그녀의 눈이 팔목으로 향했다.

그곳에는 길게 찢어 낸 붉은 천이 단단히 묶여 있었고 거기엔 검은색 염료로 희미하게 무언가가 그려져 있었다.

"헤이룽(흑룡)……."

이라코스타 대륙을 지배하는 대제국, 시엔의 언어로 헤이룽은 검은 용. 즉, 제르 호바를 상징한다.

어째서 그 불길한 이름이 여인의 입을 통해 흘러나오는 것일까.

"아…… 으."

여인의 얼굴이 일그러졌다.

"으윽, 아아아아아!"

갑자기 밤하늘을 향해 무한한 분노를 담은 외침을 토해 내는 여인.

그녀의 볼을 따라 뜨거운 눈물이 흘렀다.

스스로 울지 않겠다고 그렇게 맹세했건만……

＊　　＊　　＊

"데일 잉그하임, 일단은 통과!"

"꺄오!"

데일은 교관의 말에 저도 모르게 비명에 가까운 환호를 질렀다.

활을 처음 들어 본 게 한 달 전이었다.

교양 과목의 하나인 궁술은 귀족들이 즐기는 중요한 여가 활동 중 하나.

앞으로 귀족의 지위에 오를 가능성이 큰 국립대학교 특채생들에겐 필수적인 과정이다.

이것을 제대로 익히지 않고서는 당연하게도 국립대학교에서 배제되는 것이 현실이었기에 교관이 매긴 점수는 데일에게 희망과도 같았다.

첫날부터 우아한 자세로 과녁의 정중앙을 관통시킨 리디아.

눈을 감고 세 발을 연달아 쏘아, 먼저 박힌 화살을 뒤의 화살들이 쪼개고 들어가는 신기를 보여 준 루산.

롱 보우 두 개를 부러뜨릴 정도로 막강한 힘을 과시하고 날아간 화살이 과녁을 통째로 박살내는 괴력을 선보인 키릭.

그들에 비해서 불쌍하게도 시위를 당기는 것조차 못했던 데일은 꾸준한 연습과 루산의 특훈을 받아 결국 교관의 합격점을 얻어 냈다.

"좋아 죽네, 죽어."

데일을 가르친 보람을 느끼며 루산이 피식 웃는다.

"응?"

루산은 순간 멀리서 느껴지는 칙칙한 기운에 반응했다.

"왜?"

리디아는 루산의 동물적인 감각을 잘 안다. 해서 루산의 기분 나쁜 표정을 보고 의문을 나타냈다.

"누가 왔어. 그런데 좀 별로네."

댕— 댕—

수업의 끝을 알리는 종이 수련장을 울린다.

"오, 알렉 경. 갑작스러운 방문에 미처 환영의 준비를 못 한 점 사과드리지요."

갈리우스는 자신의 앞에 선 길쭉한 남자에게 깊이 고개를 숙이며 인사를 보냈다.

귀족의 칭호와 어울리지 않게 제국 안전부 공무원들이 입는 회색 근무복을 입은 알렉.

갈리우스의 태도로 보아 그보다 더 높은 지위의 귀족임에 분명했다.

"따뜻한 차라도 드시겠습니까?"

"차가운 생과일 음료를 좋아합니다만."

"아, 예. 준비하지요, 일단 앉으세요."

오른쪽 뺨에 십자로 깊게 베인 상처가 알렉의 인상을 더욱 차갑게 만든다.

갈리우스가 직접 사과를 갈아 잔에 담아 건네자 알렉은 무표정하게 그것을 받아 들었다.

"방학 기간이라 합숙소에 많은 인원이 없습니다."

갈리우스의 말은 알렉이 왜 왔는지 돌려 말하는 것이었다.

보통, 정부 각 부처에서 미리 심사관을 보내 인재들의 자질을 심사하여 자신들의 업무에 적합다고 판단을 하면 졸업 후 특정 공무원이 될 수 있는 우선권을 준다.

하지만 지금은 방학 기간이고 입학 시즌이 되려면 아직 멀었다.

따라서 제국 안전부 고위직인 알렉이 이곳에 올 이유가 하나도 없었다.

"특채라지요?"

"……예."

"총장께 알아본 바로는 올해 특채는 전혀 계획하지 않으셨다더군요."

꿀꺽.

"……부총장님께서 황태자 전하께 직접 재가 받으신 걸로 압니다."

갈리우스는 무척이나 사무적인 어조로 대답했다.

"그래요?"

알렉의 눈이 날카롭게 빛난다.

모른 척하고 있지만 사실 갈리우스는 알렉의 진정한 신분을 알고 있다.

명목상으로는 제국 안전부 산하의 조직이지만, 실제로는 황제의 직속, 또는 마르테의 친위대로 알려진 살루키의 요원.

그것도 마르테 보리스와 독대할 수 있는 몇 안 되는 심복 중의 심복.

"부총장님의 권한이 총장님의 그것 위에 있다고 믿기는 어렵군요. 흔히들 그런 행동을 독단이나 월권이라고 하지요."

갈리우스는 머금고 있는 차의 맛이 유난히도 쓰게 느껴졌다.

"저야 뭐……."

"소장, 우리 서로 솔직해집시다. 당신은 내가 누군지 잘

압니다. 그리고 우리가 무엇을 위해 일하는지도."

"말씀해 보세요."

"리디아 힐겐. 문 레이디, 또는 남부 전장의 백합. 볼라스카 출신이며 어릴 때부터 생명체에 활력을 되돌려 주는 기이한 능력을 발휘하여 사람들의 입에 대지의 요정이 현신했다는 소문이 오르내리게 만들었던 주인공. 지역구 의원의 권유로 얼음 대지에 간호사로 지원해 수많은 병사들의 목숨을 살리고, 전투에 앞서 그녀의 기도를 들은 병사들은 평소보다 월등한 전투력을 발휘했죠."

알렉은 갈리우스의 눈을 똑바로 바라보며 입을 열었다.

"루산 보우먼. 출신지 불명, 다만 이곳이 아닌 것은 확실. 이쪽은 별로 자료가 없지만 특별한 능력이 있는 것은 리디아와 마찬가지죠. 무기에서 냉기를 뿜어낸다든지 하는. 다음은 키릭. 출신지는 산맥 너머 북부 어딘가. 어느 날 갑자기 죽어 가는 노인과 함께 호리병 철광산에 나타나 지금까지 지냈다죠. 그곳에서 야생 동물들을 때려잡는 유희를 즐기다가 최근에 모습을 감추었는데, 이곳에 있더군요. 딱히 드러난 능력은 없지만 무지막지한 괴력과 뛰어난 검술에 대해서는 많은 이들이 증언을 했습니다. 아, 죽어 가던 노인이 그 유명한 마스터 디록일 수도 있다는 보고는 저도 안 믿습니다."

갈리우스는 알렉이 아는 부분이라면 보리스도 이미 다 파악하고 있을 것이라 확신했다.

"마지막으로 데일 잉그하임. 알고 보니 발라니스 잉그하임의 손자요, 로그 잉그하임의 아들이었습니다. 로그는 남부 제국군에서는 영웅처럼 여겨지는 인물입니다. 아시죠?"

갈리우스는 고개를 끄덕였다.

"이 아이는 특히 더 놀라워요, 2년 전까지만 해도 우리가 주목했었으니까. 한데 로그의 죽음 이후로 그에 관한 모든 소문이 싹 사라졌죠. 마치 누군가가 사람들의 기억을 지워 버린 것처럼 말이지요. 저희도 얼마 전에 옛 보고서를 펼치고서야 기억해 냈습니다. 공간을 뛰어넘고 미래를 예측한다라……."

데일에게 그런 능력들이 있었던가.

"더 있긴 하지만 그거야말로 뜬소문일 테니까 빼도록 하죠. 사실 제가 말하고 있는 것들이 이 세상에 실재하는 것 자체가 소설 같은 이야기 아닙니까. 그렇죠?"

"허허, 예. 그렇군요."

순간 알렉의 얼굴이 더욱 차갑게 굳었다.

"같은 나이, 태어난 날도 비슷하고, 인간이라 보기 힘든 이상한 능력을 가진 아이들. 그런 이들만 동시에 특채로 선발되어 한곳에 모였다……. 거기까진 이해할 만해요. 부총장님께서도 자신의 편에 설 후계자들이 필요했을 수도 있으니까요. 총장님과 사이가 좋지 않기로 유명하잖습니까."

"제가 그분들의 생각을 어찌 알겠습니까."

갈리우스는 속으로 가슴을 쓸어내렸다.

알렉의 말은 어쩌면 단순한 학교 내 권력 다툼을 경고하는 것일지 모른다는 생각을 했기 때문이었다. 그런데…….

"지난 1년 동안 제국 내에서 몇몇 불온한 움직임이 있었습니다."

갈리우스는 찻잔으로 가던 손을 멈췄다.

"처음 남부에서 굉음과 함께 검은 구름이 하늘을 덮었다지요? 수천의 병사들이 목격했으니 사실일 겁니다. 그 이후로 놈들과 전투를 벌인 횟수가 상당히 증가했고요."

"……."

"남쪽에서부터 시작되어 여기까지 갑자기 실종되는 사람들의 수도 늘었습니다. 그들이 어디로 갔는지, 죽었는지, 살았는지도 전혀 밝혀진 바가 없지요. 우리가 뭔가 이상을 감지한 것이 그때부텁니다. 전장에서 사망했음이 틀림없는 병사들이 살아서 돌아다니는 것이 목격되었다는 소문도 있었고, 전례 없이 마법사를 보았다는 증언도 있었습니다."

"다 헛소문일 뿐입니다."

"예, 예. 당연하지요. 마법이란 건 특별한 축복을 받은 이들에게 허락된 고귀한 능력이니까요. 여기 있는 네 아이는 빼고 말이지요."

알렉은 갈리우스의 속을 파 보고자 하는 듯 그의 이마에 맺힌 작은 땀방울을 지켜보았다.

"얼마 전, 하르실라에서 일어난 방화 사건에 대해 아시리라 믿습니다."

"들었습니다. 외곽 지역에 위치한 숙박 업소들 수십 채가 전소하고, 사망, 실종을 포함해 100여 명의 인명 피해를 발생했다더군요."

사망과 실종.

그 사이에 부상이란 언급은 없었다.

"마르테께서는 그것을 단순한 방화범의 소행이라 판단하지 않으셨습니다."

"그…… 래요?"

"그 사건 이전에 모로 경과 그의 부대원들이 연기처럼 사라지는 일도 있었고요. 혹시나 모르실까 봐 부연하자면 모로 경은 황태자 전하를 모시던 호위대의 대장이셨습니다. 우리는 말도 못 걸 정도의 높은 신분을 가진 분이란 말입니다. 또 더 전에는 정체불명의 검사들 간 다툼이 벌어졌고 훨씬 더 전에는……."

"알렉 경. 제게 진짜로 하고 싶은 말씀이 뭡니까."

갈리우스는 더 이상 못 참겠다는 듯 심각한 표정으로 알렉의 말을 끊었다.

"잉그하임이요. 그리고 덩치 큰 북부인, 키릭도."

"예?"

"여러 곳에서 일어난 사건이 가리키는 방향에는 그 아이가 있더란 말입니다. 조사를 진행하다 보니 키릭에 대해서도 알게 되었죠."

"뭔가 오해를……."

"저런, 우릴 너무 우습게 보셨군요."

알렉이 그답지 않게 킥킥 웃었다.

"잉그하임이 추천을 받아 마을을 떠난 이후 우리가 모르는 어떤 조직이 그의 흔적을 착실히 지워 나간 것이 확인되었습니다. 그것은 다른 아이들도 같았지요. 중간에 싸움도 있었고, 여러 사람…… 일 수도 있고 아닐 수도 있네요. 아무튼 많은 목숨이 증발해 버린 사실도 밝혀냈습니다. 모로경과 잉그하임이 접촉한 사실도 우린 알아요. 잉그하임과 키릭이 하르실라에 머물렀었다는 것도."

'젠장.'

갈리우스는 마르테가 이끄는 국가 조직의 광범위한 정보망에 혀를 내둘렀다.

어둠 속에서 암약하는 것은 자신들과 같았으나, 그들을

은근히 무시해 온 것도 사실이었다.

자신들은 수천 년의 역사를 자랑하는 비밀 결사였고, 마르테 쪽은 그가 황제의 특명으로 제국의 안전과 외부의 위협을 견제하기 위해 만든, 비교적 잘 알려진 조직이었으니까.

하지만 이 대화를 통해 저들에게도 이제는 어마어마한 힘이 갖추어졌음을 깨달았다.

이런 것을 변수라고 해야 할까.

남부의 괴물들만 생각해도 머리가 지끈거리거늘 상대해야 할, 아니, 조심히 피해야 할 자들이 늘어났다는 사실에 갈리우스는 가슴이 내려앉을 것만 같은 답답함을 느꼈다.

"우리의 시선은 사실 남부에 두고 있어요. 놈들이 본격적으로 침략을 준비하고 있다는 뜻입니다. 여러 사건들은 그에 대한 전조고요. 한데 거기에 데일 잉그하임이 껴 있다는 사실은 솔직히 쉽게 판단 내릴 사항이 아니더군요. 우연일 수도 있겠죠. 부총장께서 계획하고 있는 일과 단순히 겹친 우연."

"제게 하실 말씀의 결론만 내려 주시죠."

갈리우스도 약간 비굴해 보였던 태도를 버리고 알렉의 얼굴을 똑바로 응시했다.

"지켜볼 겁니다. 오늘 제 방문은 마르테께서 주신 경고이자 배려라고 생각하셔도 됩니다. 부총장께서 무엇을 꾸미든, 그것이 제국의 안전을 위협하는 일이라면 결단코 용납하지 않을 겁니다. 아마 조만간 부총장님과 마르테께서 조촐한 자리를 마련할지도 모르겠군요."

'다행이로군. 저들은 아직 사건의 겉만 핥고 있어.'

갈리우스는 마르테의 사냥개들이 속을 파 보지 못하고 있음을 알고 안심했다.

저들은 남부의 진실한 위협이 무엇인지, 검은 구름의 정체가 무엇인지, 하르실라의 비극과 커맨더 모로의 실종이 주는 의미가 무엇인지, 더 나아가 고대용이 한 예언의 해석과 재앙의 시기에 대해 전혀 모른다. 왜 아이들을 이곳에 모아 제렌 디스의 마수로부터 보호하고 있는지도.

그저 최근 일어난 기이한 일들에 대해 조사하던 중 이쪽과 작은 연결 고리가 있음을 발견한 것뿐이다.

'그게 너희들의 한계야. 자린에 대한 믿음이 없는, 애초에 전설을 부인해 온 인간들의 망각.'

스스슥.

이때 알렉도 갈리우스도 천장 어디선가 미세한 움직임이 일었다 사라지는 것을 느끼지 못했다.

갈리우스가 속으로 중얼거리는 사이 알렉이 다시 입을 열었다.

"모든 사건들이 별개의 것이라 친다고 해도 일단 데일

잉그하임에 대해서는 마르테께서 지극한 관심을 가지고 있습니다."

"왜죠?"

"발라니스 잉그하임의 손자니까요. 두 분의 신분을 떠난 우정은 잘 알려진 미담이랍니다."

과거 마르테 보리스와 발라니스 잉그하임, 두 사람은 남부의 전장에서 한 명은 총사령관으로, 한 명은 평민 출신 호위대 장교로 함께 종군하며 수많은 적들을 물리친 '전우'였다.

갈리우스는 고개를 끄덕이며 일어났다.

"한 잔 더 하시겠습니까?"

묘한 미소로 알렉에게 묻는 그의 얼굴은 다시 평범한 합숙소 소장의 그것으로 돌아왔다.

5장

깨어나기 시작하는 태고의 힘

RAJA RIN

사방에서 용암이 분출되는 이곳. 데일에게는 무척이나 낯선 곳이다.

　처음 보는 거대한 공간이 눈앞에 펼쳐졌고, 아무렇게나 깎아 세운 검은 기둥들 끝에서 환한 빛이 들어온다.

　'어딜까.'

　빛이 들어오는 곳으로 의식이 흘렀다.

　점점 그곳을 향해 다가가자 높이를 알 수 없는 천장 끝까지 개방된 홀의 입구가 보였다.

　'아…… 아름답다.'

　밖에 존재하는 풍경을 본 데일은 저도 모르게 포근해지

는 심장의 고동을 느꼈다.

끝없는 대지를 덮은 하얀 눈.

만년설을 간직한 산들. 그중 가장 멀리 존재하는 산에서 붉은 용암이 내뿜는 열기가 이곳까지 오는 듯했다.

넋을 놓고 풍경을 감상하던 데일은 곧 고고한 자세로 등 진 채 밖을 바라보는 누군가를 발견했다.

그가 입은 흑색의 로브와 외부의 하얀 풍경이 대비되어 그 또한 너무나도 잘 어울렸다.

데일의 존재를 느낀 것일까. 그가 천천히 몸을 돌려 데일을 향해 섰다.

그의 얼굴은 빛을 등지고 있기에 자세히 볼 수 없었다.

다만 살짝 휘어진 입가의 미소만이 데일을 반길 뿐.

'당신은 누구십니까······.'

검은 로브를 입은 사내가 느릿하게 몸을 굽혔다. 마치 세계의 왕을 향해 축언을 올리는 사제의 모습으로.

그의 입이 오물거리는 것을 통해 그가 자신에게 무언가를 말하고 있음을 알았지만 알아들을 수는 없었다.

점점 그에게 가까워지는 데일.

거의 2m 이내로 다가갔을 때 그가 고개를 들었다.

주름 없는 중년 미남자가 거기에 있었다. 데일에게는 전혀 생소한 얼굴.

그러나 데일은 그와 마주한 순간 왠지 모를 안타까움과 분노, 슬픔과 저주의 감정이 한꺼번에 일어나는 것을 느끼고 당황했다.

데일은 그를 모른다. 하지만 자신의 깊은 어딘가에 있는 또 다른 내면은 그를 안다.

데일에게 공손한 자세로 손바닥을 보이며 손을 들어 올리는 미남자.

그의 손을 잡아 주어야 할까, 아니면 화를 내며 떠나야 할까.

데일은 후자를 선택했다.

그 기미를 파악한 미남자의 입가에 차가움이 감돌았다.

그가 벌떡 일어났다.

그리고 동시에 데일의 의식이 급속도로 그에게서 멀어져 어둠을 향해 날아갔다.

꿈과 환상의 공간에서 현실로 돌아가야 할 때인가.

흐려지는 시야 속에서 데일의 다른 내면이 의식을 덮는다.

'롱 버트…… 나의 충성스러웠던 제자. 그리고…… 친구.'

롱 버트.

엘 카로의 총리 대신.

스스로 제르 호바를 수호하는 제렌 디스가 되어 암흑 군대의 한 축을 담당했던 배덕자.

녹터널 헌터들을 지배하는 절대의 마왕이며, 인간계 최강의 마법사라고 불리었던 검은 영웅.

'롱 버트…… 내 친구여……. 너의 잠을 그 누가 깨웠는가…….'

눈물 속에서 어둠이 빛을 가린다.

*　　*　　*

"아아아악!"

비명을 지르며 데일이 깨어났다.

두 눈에서 눈물을 줄줄 흘리며 아무것도 없는 허공을 향해 손을 내밀며 발버둥 친다.

"야, 야야. 데일! 괜찮아?"

루산의 다급한 음성이 들리자 데일도 차츰 진정의 기미를 보였다.

"흑, 흐윽."

잔디에 누워 신음하는 데일을 두고 세 아이가 걱정스러운 눈길을 보냈다.

"이, 일부러 그런 거 아니라니까."

루산이 자신을 째려보는 리디아에게 힘없이 말했다.

"데일이 잘못되면 넌 내 손에 죽는다."

나직하게 말하는 키릭의 음성은 누가 들어도 소름끼칠 정도였다.

오전 수업은 주드폼이라는 체육 활동이었다.

작은 공을 서로 쳐 내며 격하게 움직이는 것을 통해 신체를 골고루 단련할 수 있는 이 운동은 평민들 사이에서도 인기 있는 종목 중 하나였다.

데일은 루산과 한 조가 되어 공을 주고받으며 땀을 흘리는 기쁨을 만끽하고 있었다.

그러던 중, 갑자기 데일이 구름을 뚫고 내려온 햇빛으로 시선을 돌렸다.

그리고 고개를 들어 멍하니 태양을 바라보았다.

팅!

그것을 보지 못한 루산이 강하게 공을 쳐 데일에게 보냈다.

"헛!"

공은 정확하게 데일의 관자놀이를 가격했고, 그대로 쓰러진 데일은 한참이나 깨어나지 않았다.

그리고 방금 보는 이들이 당황스러울 정도로 큰 비명을

지르며 정신을 차렸다.

"미안해…… 못 봤어. 끙…….."

루산이 사과했지만 데일은 아무런 말도 없이 아까와 같은 멍한 표정을 한 채 앞만 바라보고 있었다.

"가만있어. 지금 데일은 뇌가 크게 흔들려서 아직 정신이 몽롱할 거야."

리디아가 차분하게 말하며 잡았던 데일의 손을 놓았다.

"……롱 버트."

"응? 지금 뭐라 했어?"

데일이 갑자기 입을 열자 놀란 루산이 되물었다.

"용암을 다스리는 피의 마법사."

"무슨 말이야?"

슬슬 돌아오는 것처럼 보이는 데일의 정신을 붙잡고자 리디아도 말을 건다.

"…….."

그런 데일을 바라보는 키릭의 얼굴에 짙은 어둠이 내렸다. 데일의 입에서 롱 버트라는 단어가 나오는 것과 동시에.

"아, 일단 양호실로 데려가자. 여기선 뭘 해도 안 되겠어."

루산이 서둘러 데일을 업고 숙소로 뛰어갔다.

그 모양을 굳은 표정으로 응시하는 키릭. 그리고 키릭을 슬쩍 곁눈질하며 한숨을 쉬는 리디아.

잠시 후, 둘은 숙소로 함께 들어갔다.

세상에 어둠이 내린 밤.

루산과 리디아는 이미 각자의 잠자리에 들었지만 키릭은 깨어 있었다.

양호실 침상에 누워 잠든 데일의 곁에서.

마치 작고 어린 곰을 돌보는 거대한 어미 곰을 연상케 하는 키릭은 몇 시간 동안 아무런 미동 없이 자리를 지켰다.

작은 창에서 달빛이 들어와 편안하게 돌아온 데일의 얼굴을 쓰다듬었다.

그와 반대로 어둠에 가려진 키릭의 얼굴은 낮에 보였던 것보다 훨씬 심각하게 변해 있다.

"데일…… 놈을 보았나."

키릭은 깊은 잠에 빠져, 자신의 말을 들을 수도 그에 대답할 수도 없는 데일에게 말을 걸어 본다.

"너도 놈을 느꼈느냔 말이다."

키릭은 데일의 입에서 나온 롱 버트라는 이름을 안다.

처음 황금빛 이끌림에 의해 데일을 보게 되었던 그날.

괴인의 손에서 데일을 구해 냈던 그날.

키릭은 롱 버트를 보았다.

흐트러지는 검은 연기 속에서 자신을 향해 인사를 올리던 어둠의 마법사를.

누구도, 심지어 많은 것을 알고 있다 여겼던 비숍도 키릭에게 롱 버트에 대해 말해 주지 않았다.

그러나 키릭은 롱 버트가 자신의 '적'이라는 것을 인식했다. 또한 데일에게는 더욱 커다란 위협인 것도.

겨우 롱 버트의 힘 일부만을 담았던 블랙 미디엄이라는 마법 구슬이 내뿜은 강대한 마력은 키릭을 죽음의 위기까지 몰아갔지 않았던가.

하지만 데일은 그를 몰라야 했다.

롱 버트가 보낸 괴물들을 쳐부순 것은 자신이었지 정신을 잃고 쓰러져 있기만 했던 데일이 아니었기 때문이다.

한데 데일이 롱 버트를 말했다. 그것도 흐릿한 정신 속에서.

"비숍이 틀렸군. 이곳도 우리에게 안전을 보장해 주지 못해. 아무래도 오래 머물긴 어렵겠구나."

키릭은 이 특채가 정상적인 과정이 아님을 너무나도 잘 안다.

바보가 아닌 이상, 그동안 겪었던 혈로가 상식 밖의 일이라는 것을 모를 수 없다.

겨우 16살의 아이들이 대학에 입학하러 가는 길에 발생한 소동치고는 정도가 과하다.

데일과 키릭, 어쩌다 끼어든 커트를 제외하고 관련된 모든 이들이 비참하게 죽었기 때문이다.

비숍의 유언처럼 자신의 역할이 데일의 지키는 것이라면—물론 키릭 나름대로 해석했을 때— 이대로 있어서는 곤란했다.

키릭은 분명 무언가를 아는 것이 확실한 사감 밸류를 만나 폭력을 써서라도 이 음모로 가득한 상황을 파악하기로 결심했다.

스윽.

키릭이 일어나 양호실을 나왔다.

그리고 밸류가 머무는 방을 향해 걸었다.

뚜벅, 뚜벅.

뚝.

세 걸음도 걷지 않고 키릭이 멈췄다.

"꺼져."

키릭은 팔짱을 끼고 벽에 기대선 루산에게 눈길조차 주지 않고 말했다.

"곤란해."

뜬금없는 루산의 말.

"사감을 조져 봐야 그 무거운 입을 열긴 힘들 거야."

이미 키릭의 뜻을 짐작하고 있는 루산이었다.

"……."

"너희 둘, 비밀이 너무 많아."

"너 따위에게 해 줄 말은 없다."

"이거 왜 이러실까. 함께 커 나가야 할 동료 아냐?"

우드득.

키릭의 주먹에서 뼈가 비틀리는 소리가 들린다.

"데일, 저 녀석은 모를 거야. 그저 국립대학생이 된다는, 출세를 한다는, 귀족이 될 수 있다는 꿈에 젖어만 있겠지. 하지만 너는 달라. 나와 같은 의문을 품고 있거든."

루산이 단정하듯 말했다.

그러나 루산의 짐작은 틀렸다.

키릭은 의문 정도가 아닌 이미 확신에 근접해 있었기 때문이다.

"너는 세상에 보기 드문 괴물들과 싸우며 이곳에 왔을 테지. 그것은 나도 마찬가지야."

키릭은 루산도 비슷한 전투를 경험했다는 말에 흥미를 느꼈다.

"웃기잖아? 왜, 누가 우리의 길을 막으려 한 걸까. 남들과 조금 다른 능력을 가졌을 뿐인데."

사실 키릭도 '적'들의 진정한 의도와 정체는 모른다.

데일과 자신을 죽이거나 납치하려 했던 행동 뒤에 숨겨진 목적.

그리고 롱 버트라는 마법사와 그가 부리는 추악한 괴물들.

왜 자신들이었을까. 거기에 루산까지 더해서.

"……리디아도 습격을 당했나."

"몰라. 하지만 우리의 경우를 보더라도, 그녀에게 아무런 일도 없었다고 단정은 못해."

"……."

비밀은 키릭과 데일, 두 사람만의 것이 아니었다.

루산도 리디아도 이들 못지않게 감추었던 일들이 많았다.

"롱 버트가 누구야?"

"데일과 나를 공격했던 자들의 주인."

"낮에 네 표정은 데일의 입에서 그 이름이 나와서는 안 된다는 것이었어."

"맞다. 데일은 놈을 본 적이 없으니까. 늘 잠들어 있었지."

"태평하군……."

루산은 키릭의 말에서 한 가지 사실을 알았다.

데일은 키릭이 겪었던 전투를 보지 못했다. 따라서 롱 버트라는 놈을 몰라야 하는 것이 정상.

"하나같이 비정상이야, 우리는."

루산도 머리가 아픈지 코끝을 찡그린다.

"그게 우리가 여기 있는 이유겠지. 뭐, 좋아. 그건 그렇다 치고 네가 알고 있는 것들을 좀 더 말해 봐."

"인간이 아닌 것들의 습격이 있었다. 날 제거하고자 했고, 데일을 납치하려 했지. 우릴 도와주는 이들이 있어 나중에는 쉽게 여기에 도달할 거라 생각했었고."

"그런데?"

"드래곤."

"잉?"

"드래곤이 우릴 노렸다. 정확하게는 나를."

"장난하냐."

루산은 키릭의 말을 도저히 믿을 수 없었다.

용은 곧 전설. 실재하지 않는 환상 속 존재다.

"그때 우리의 조력자들이 모두 죽었어. 불타는 하르실라에서. 비숍도 폰도…… 드래곤은 다음에 보자고 말한 뒤 떠났지."

"헐……."

'가만, 비숍? 폰? 둘 다 체스판의 피스를 일컫는 명칭.

그럼 설마······.'

움찔하는 루산을 보던 키릭이 입을 열었다.

"뭔가 떠오르는 것이라도 있나."

"조금 더 확실해졌을 뿐이야. 옛날에 죽을 뻔한 날 구해 준 사람의 이름이 나이트였거든. 그렇다면 그녀의 이름은 마리안이 아니라 퀸이겠군. 여기 오기로 한 다른 특채생 옆에는 룩이 있을 테고."

키릭 또한 루산의 말을 듣고 상황을 짐작했다.

다섯 아이들의 보호자를 자처했던 다섯 피스들.

그리고 그들을 따라온 먼 길.

그러나 그 길의 끝에 있는 것은 배움의 전당인 대학교가 아닌, 어둠과 피로 얼룩진 음모의 한복판.

이 음모에는 두 개의 축이 있다.

한쪽은 목숨을 바쳐서라도 자신들을 지켜 내 뭔가에 이용하고자 한다. 그리고 다른 한쪽은 자신들을 죽여 그들의 목적을 이루고자 하고.

어느 쪽이든 기분이 나쁜 것은 마찬가지였다.

"부총장."

루산이 갑자기 입을 열었다.

"그자가 열쇠를 쥐고 있어."

"그건 무슨 말이냐."

"들었거든. 며칠 전 소장을 만나러 왔던 길쭉한 녀석, 기억하지? 소장과 녀석이 하는 말을 엿들었다."

루산의 은신 능력이라면 불가능한 것은 아니다.

"길쭉한 놈도 이번 특채에 관해 의문을 품더군. 그리고 그 핵심에는 부총장이 있다고 확신했고. 이거 생각보다 복잡해. 여러 조직이 얽혀 있는 것 같으니까. 게다가 우릴 습격한 괴물들의 정체도 대충 견적이 나와."

"말해라."

"남쪽의 미치광이들. 아직도 기이한 전설이 꿈틀거리는 마법의 얼음 대지. 괴물들은 거기서 올라왔어. 한층 강해진 힘을 얻고서."

루산은 그 시작이 자신으로부터 비롯된 것임을 모른다. 롱 버트의 부활이라는 재앙의 시작이.

"곧 여길 떠나려 한다, 데일을 데리고. 그럼 너를 보며 더 이상 짜증날 일도 없을 테지."

키릭이 간단하게 스스로의 결론을 말했다.

"이봐, 이봐. 잘 생각해 봐. 수도로 오기 전까지 괴물들은 우릴 끊임없이 괴롭혔어. 나야 리디아를 만난 뒤 편안하게 왔지만, 너흰 달랐잖아. 여길 벗어나는 순간 또다시 괴물들이 공격할 거야."

"어찌 확신하나."

"어휴, 딱 보면 모르겠어? 라로시르로 들어온 때부터 우린 안전해졌다는 말이야. 수만의 근위대가 지키고 수십만의 시민들이 우글거리며, 위대한 마법사와 강력한 기사들이 버티는 곳이 바로 여기야. 무엇보다 황제가 있어. 수도에서 사건이 터진다면 놈들도 끝장이라고. 당장 수백만 제국군을 동원해 남부를 쓸어버릴걸? 이미 제국 쪽에서도 어느 정도 눈치를 챘으니."

키릭은 루산의 말에 일부는 동의했다.

그러나 루산은 롱 버트의 막강한 능력에 대해 모른다.

또 검은 용의 씨앗, 헤테르프에 대해서도.

드래곤이 마음만 먹으면 도시 하나 정도는 단번에 쑥대밭을 만들 수 있다. 그것은 롱 버트도 다르지 않을 것이다.

검과 창, 투석기와 말에 의존하는 인간은 결코 불을 뿜어내고, 숨결로 바위를 부수며 날갯짓으로 건물을 붕괴시키는 드래곤에 맞설 수 없다.

잠깐 맛만 보았지만 롱 버트의 힘도 마찬가지다.

허공에서 번개를 불러 생명체를 일격에 태워 버리는 마력은 갑주를 걸친 기사단 따위는 순식간에 통구이로 만들 수 있다.

키릭이 일부 동의한 것은 현재는 자신들이 안전한 보호 속에 있다는 사실뿐.

마지막 적의 목줄을 끊은 뒤, 수도의 성벽이 보이는 곳부터 적의 위협은 완전히 사라졌다.

그것은 아마 비숍이 가끔 언급했던 그의 주인 덕분일 것이다.

누구도 흉내 낼 수 없는, 말로 표현하기조차 경이롭다는 그 주인의 힘.

루산과 키릭은 보는 방향은 달랐지만, 일단 같은 명제에 대해서는 수긍한다.

자신들의 안전에 대해서.

"그럼 순서는 정해졌군. 우선 사감부터 시작해 부총장까지."

키릭은 여전히 단순하게 말했다. 루산이 인상을 쓴 것은 말할 필요도 없고.

"아, 이 자식이 좋게 설명해 주니까 알아먹지를 못하네, 정말."

루산이 으르렁거리자 키릭도 얼굴을 굳히고 푸른 열기를 방출했다.

"그냥 입 닥치고 가만있으라고. 너 때문에 리디아가 힘들어 하는 거 보기 싫으니까."

역시나 루산의 머릿속에는 리디아 생각뿐이었다.

"나중에야 어찌 됐든 리디아는 자신의 꿈을 이루어야 해,

귀족이 되어 당당하게 남부로 가서 불행한 이들에게 힘이
되겠다는. 이대로 그냥 쭉 가면 가능한 꿈이야. 네가 나서
서 틀어 버릴 권리는 없다."

"오늘밖에 생각 못하는 놈. 너도 우리가 정상적인 상황
에 놓여 있지 않다는 것 정도는 잘 알 텐데?"

키릭의 말은 어차피 리디아나 자신들은 이용만 당하다
버려질 것이라는 뜻이었다.

국립대학교는 그저 이들을 불러들이기 위한 내외적인 평
계에 불과하고.

"그건 안다. 나도 생각 안 해 본 것은 아니야. 하지만 조
용히 움직여도 충분해. 시작부터 저들을 자극할 필요는 없
어. 그러니 당장 돌아가서 잠이나 자. 이 치사한 음모를 밝
혀내는 것은 내가 할 테니까. 음모는 음모고 학교는 학교
야."

으드득.

키릭이 이를 갈았다.

서로 한 치도 물러설 수 없다는 의지를 분명히 보이는 두
사람 사이의 공간에서 하얀 연기가 올라왔다.

약하지만 분명히 발현된 각자의 기운이 충돌하는 상황.

두 사람을 묶어 버린 증오라는 운명은 대체 어디서부터
시작된 것일까.

그때였다.

데일이 잠든 양호실 문틈에서 빛이 새어 나오기 시작했다.

"뭐지?"

눈을 크게 뜨며 놀라는 루산을 뒤로하고 키릭이 재빨리 문을 열었다.

화아악!

강렬한 빛이 둘을 덮쳤다.

"으어억!"

순간 키릭과 루산은 각자만의 환상 속으로 들어갔다.

루산은 낯선 풍경 속에 있었다.

높이 솟은 수 개의 산을 따라 이어진 거대한 산맥.

그리고 산꼭대기에 쌓인 만년설.

그 위로 바다보다 푸른 하늘이 세상을 덮고 있다.

시선을 내린 루산은 곧 어마어마한 광경을 보았다.

수백만의 대병력이 어딘가를 향해 끝없이 돌진하는 모습들을.

그들 중에는 인간도 있었고, 추악한 요정도 있었고, 상상도 하지 못한 형태의 괴수들도 있었다.

먼지바람을 일으키며 달려가는 병력들 위에 그것들이 존

재했다.

아득한 과거, 하늘을 지배했던 고차원적 생물.

드래곤.

드래곤들이 멀리 보이는 산맥을 향해 포효했다.

루산은 본능적으로 한 점을 향해 눈을 돌렸다.

'오.'

저도 모르게 나오는 감탄.

거기엔 푸른 괴물이 있었다.

상처 가득한 몸에서 끝없이 흐르는 초록색 피를 닦지도 않고, 그 앞에 선 모든 적들을 막아 내며 수백 단위로 파괴해 버리는 막강한 힘을 과시하는.

저것은…… 뭘까.

한 주먹에 일개 대대에 맞먹는 적들을 분쇄한 괴물이 루산을 바라보았다.

'헉!'

놀라 숨을 삼키는 루산에게 괴물이 손을 뻗었다.

그리고 다가오라 손짓한다.

입가에 가득, 슬픈 미소를 머금은 채.

'나?'

루산의 물음이 채 가시기도 전, 하늘의 드래곤들이 또다시 포효하며 푸른 괴물을 향해 날았다.

그 숫자는 못해도 천.

푸른 괴물과 일정한 거리를 두고 드래곤들이 멈췄다.

펄럭거리는 드래곤들의 날갯짓도 결코 괴물을 움직이게 할 수 없었다.

드래곤들의 눈이 빛나며 그 길고 끔찍한 아가리가 크게 벌어졌다.

잠시 후.

천 마리의 드래곤이 내뿜는 블레이즈가 푸른 괴물을 목표로 쏘아졌다.

'맙소사. 끝장이야.'

순간, 루산의 귓가에 푸른 괴물의 음성이 들렸다.

디펜덤.

세상의 모든 물리력, 마법, 저주를 막아 낸다는 절대 방어의 상징.

전능한 자린이 오직 그만을 위해 준비한 무적의 방패.

그것이 하늘에 벽을 그렸다.

천 개의 화염이 공간의 벽에 막혀 허공으로 흩어진다.

'아, 아아······.'

너무나도 장엄하고 너무나도 아름답게만 보이는 그 광경

에 루산은 눈물을 한 방울 흘렸다.

'나의 친구, 나의 연적, 용감한 방패의 주인…… 베텔기우스.'

영원할 것 같던 용들의 불 잔치가 끝났다.

그리고 지옥의 화염을 무로 돌려 버린 푸른 괴물의 학살이 시작되었다.

루산은 눈을 감았다.

그리고 푸르게 발광하는 빛을 향해 무형의 활을 잡아 시위를 당긴다.

"없어!"

루산은 키릭이 지른 소리에 정신을 차렸다.

"뭐?"

"데일이…… 여기 없다."

루산은 어이없다는 표정을 짓다가 침상을 확인한 뒤 신음을 흘렸다.

키릭의 말은 진짜였다.

그곳에는 잠들어 있어야 할 데일이 없었다. 흔적조차.

"어떻게 된 거지?"

"……"

"미치겠네. 이건 또 뭔 일이래."

키릭의 떨리는 눈은 끝까지 침상에서 떨어질 줄 몰랐다.

"키릭…… 방금 너도 뭔가를 봤지?"

갑자기 루산이 물었다.

키릭이 천천히 루산을 돌아보았다. 루산과 마주한 키릭의 눈.

잠시 머리를 스쳤던 환상 속에서 보았던 무언가와 너무나도 흡사했다.

푸른 괴물이 루산에게 보냈던 슬픈 시선과.

* * *

'응…….'

눈을 뜨고 가장 먼저 본 것은 달이었다.

그것도 바로 코앞에 있는 듯 동공을 꽉 채운 달.

데일은 지금 마치 하늘을 날고 있는 것만 같은 느낌이었다.

자신을 빠르게 스쳐 지나가는 구름들 아래에 펼쳐진 광활한 대지와 산맥.

어둡기만 한 세상이었지만 점점 그 모양들이 확실하게 인식되었다.

'꿈이려나.'

꿈이 아니라면 불가능한 세계 속에서 멀리, 아주 멀리 반짝이는 녹색의 불빛을 보았다.

그리고 그 빛은 점점 다가온다. 아니, 데일이 그곳으로 날아가고 있다는 표현이 맞을 것이다.

데일은 그것을 보고 마음이 편해졌다.

'어서 와……'

왜 그 빛을 향해 이런 말을 하는지 스스로도 알지 못했다.

그저 반가운 감정만이 앞설 뿐.

슈우우우웃!

빛을 향해 다가가는 속도가 더 빨라졌다.

가슴 가득 포근함을 느끼며 데일이 눈을 감는다.

—조금만 더 자도록 해.

귓가에 누군가가 이렇게 속삭이는 것만 같다.

"차아앗!"

펑!

손바닥에 닿은 적의 뱃가죽이 터져 나가는 소리가 크게 울렸다.

푸른 두건을 쓴 해적이 입에서 검은 핏물을 토하며 무너졌다.

"제 모크!"

알아들을 수 없는 언어를 외치며 다른 해적 하나가 완만하게 휘어진 칼을 휘두른다.

스걱.

긴 흑발의 끝이 조금 잘라져 나갔다.

소녀는 이를 악물었다.

아무리 지쳤다지만 적이 근접해 오는 것을 전혀 느끼지 못했기 때문이었다.

몸을 낮추어 한 손으로 바닥을 짚고 두 다리를 강하게 차올렸다.

빠그작!

뒤꿈치가 해적의 턱을 강타해 뼈를 잘게 조각내 버렸다.

쓰러지는 해적의 입에서 살덩어리와 끊어진 혀의 일부가 흘러나온다.

"헉, 헉."

입에서 풍기는 단내가 소녀의 심신이 얼마나 피폐해져 있는지 간접적으로 알려 주었다.

이 장소에서 해치운 적은 다섯.

그러나 아직 여섯이 남았다.

"꾼단(꺼져)……."

소녀, 자오링은 적을 향해 들릴 듯 말 듯 중얼거렸다.

이름 모를 해안가에 표류해 온 뒤 한동안 자오링은 정신을 잃고 있었다.

강력한 내공을 바탕으로 육체를 극한까지 수련한 자오링이었지만 오랜 시간 차가운 바다에 던져져 있었기에 몸 상태를 쉽게 정상으로 회복하기 어려웠기 때문이다.

자오링은 무의식중에, 다가오는 불쾌감을 느끼고 눈을 떴다.

그것은 자신이 탄 배를 공격한 해적들의 기운과 일치했다.

수행 무사들을 몰살시키고, 자신을 데리러 왔던 '룩'이라는 마법사와 그의 조력자들까지 고기밥으로 만든 원흉들.

그들을 떠올리자 머리가 차가워지면서 어떤 절망감마저 일어났다.

"고귀한 자오링. 여기까지가 제 한계랍니다."

무시무시한 마법으로 해적들을 몰아내던 룩은 흑색 판금 갑옷을 입은 거대한 검사와 마주하자 힘없이 말했었다.

그 뒤, 몇 마디 말과 행동을 더 하고 룩은 검은 살기를 풀풀 풍기는 검사를 향해 마력을 날렸다.

순간, 환한 빛과 함께 자오링은 배에서 튕겨져 먼 바다로 추락했다.

그리고 얼마 지나지 않아 배가 엄청난 폭발음과 함께 사라졌다.

자오링은 자신을 쏘아보던 검사의 붉은 눈을 기억했다.

얼굴을 덮은 투구 안쪽에서 강렬하게 빛나던 마왕의 눈.

자오링에게 아득한 공포와 전율을 던져 준 절망 어린 벽.

그것이 해적들과 함께 자신을 다시 찾아올 것이다.

통 넓은 바지에 긴 장화, 검푸른 천에 가죽 방어구를 가슴에 두르고, 그 가운데 붉은 염료로 해골 형상을 그려 놓은 해적들은 '인간'이 아니었다.

낮에는 보통 인간들과 별다를 바가 없었으나 지금과 같이 밤이 되면 완전히 달라졌다.

힘은 두 배 이상 강해졌고, 팔, 다리가 잘려 나가도 고통을 느끼지 못하는 듯, 집요한 공격을 멈추지 않았다.

게다가 눈과 입에서 검은 연기를 흘리며, 마치 시체와 비슷한 몰골로 순식간에 변한다.

그야말로 괴물에 다를 바가 없었다.

그런 해적들과 전투를 벌인 지가 벌써 3일째.

해안가를 따라 형성된 숲에서, 때로는 넓은 모래사장에

서, 절벽 끝에서, 동굴 근처에서 자오링은 끝없이 싸웠다.

일월천하—이라코스타—의 초인이라 불리는 사부, 무극진인 장샤오펑의 혹독한 가르침 덕분에 60년의 내공과 창칼도 막아 내는 신체를 얻었지만, 언제까지고 버틸 수는 없었다.

해적들의 수는 많았고, 중간중간 강력한 힘을 지닌 자들이 섞여 공격을 해 왔기 때문이었다.

지금 자오링은 내공이 거의 바닥났음을 알았다. 내공이 마르면 이 단단한 육체도 무너진다.

정녕 끝이란 말인가.

자신에게 명령해 트라폴리아 대륙, 로슈르 제국에 유학을 가도록 만든 아버지, 자오 대제와 사부가 너무나도 원망스럽다.

자오링은 언젠가 황녀의 신분을 버리고 사부의 뒤를 이어 '무인의 숲'을 평정하는 것이 꿈이었다. 이제 다시는 그런 단꿈을 꿀 수 없을지도…….

"캬아아!"

해적이 괴성을 지르며 칼을 내려쳤다.

척!

팅!

자오링은 손바닥으로 놈의 칼을 비껴 내고 그대로 품 안으로 파고들었다.

"타마더."

귀하게 자란 황녀의 입에서 차마 나오기 힘든 욕이 술술 흘러나온다.

자오링은 오른손에 남은 내력을 집중했다.

"쓰아압!"

퍼걱.

주먹은 그대로 해적의 뱃가죽을 관통해 들어갔다.

자오링은 놈의 내장이 전해 주는 뜨끈하고 물렁한 느낌에 저도 모르게 힘이 솟았다.

놈의 몸에 손을 쑤셔 박은 그대로 자오링은 달렸다. 남은 적들을 향해.

휙! 휘익!

날아오는 단검을 해적의 시체로 받아 내며 자오링은 다리에 힘을 주었다.

팟!

자오링이 공중으로 뛰었다.

던져 버린 시체가 적들의 시야를 잠시 가린 틈을 타서 놈들의 하나에게 쇄도해 들어간다.

턱!

자오링은 두 종아리 사이에 놈의 머리를 끼우고 한 바퀴 크게 돌아 목을 부러뜨린 뒤 모래바닥에 떨어졌다.

"쿨럭!"

자오링이 핏물을 토했다.

그 색이 무척이나 검은 것으로 보아 내장 기관이 크게 상했음이 틀림없었다.

즉, 내력이 완전히 바닥난 상태에서 무리하게 힘을 끌어올렸다는 뜻.

기회를 잡은 해적들 넷이 동시에 칼을 들어 올렸다.

팅! 팅팅팅!

자오링은 몸을 움츠려 팔목과 정강이를 덮은 철구로 공격을 막아 냈다.

"끄윽."

몸이 조금씩 모래 바닥을 파고 들어갔다.

자오링은 죽음이 눈앞에 다가왔음을 직감하자 오히려 마음이 편안해졌다.

그때였다.

그녀의 눈이 녹색으로 물들기 시작한 순간이.

"그릉……."

해적들이 누르던 힘이 멈췄다.

─조금만 참아. 곧 갈 테니까.

어디선가, 누군가가 자오링에게 속삭였다.

—그러다가 힘이라도 들면 이렇게 말해.

자오링은 희미해져 가는 의식 속에서 기이하지만 맑은
음성이 들려 주는 단어를 따라했다.

"……아휀 ……드릴."

푸아아아앗!

*　　*　　*

새털처럼 몸이 가벼워졌다는 것이 이런 느낌일까.
자오링은 마치 몸이 공중을 둥둥 떠다니는 것만 같았다.
그녀를 내리누르던 해적들의 압력은 온데간데없고 육체
를 갉아 오던 고통도 사라졌다.
'좋다……. 이런 기분.'
마치 천 년 동안 막혀 있던 동굴이 뚫리는 듯, 기이한 황
홀경 속에서 자오링은 처음으로 입가에 웃음을 머금었다.

'사부께서 말씀하셨던 극마지경인가. 내가 기연을 얻었 구나.'

화아악!

자오링의 정신이 어딘가로 강하게 끌렸다.

'어?'

집중된 의식 건너에 누군가가 있었다.

'누구냐, 너는.'

황금빛으로 밝게 빛나는 인간의 형상.

그러나 그 뒤에 너울거리는 검은 기류는 마치 거대한 날 짐승의 날개와 닮았다.

그가 자오링을 향해 손을 흔들었다.

어렴풋하게 보이는 미소를 지은 채로.

자오링은 기쁘고 반갑지만 한편으로 두려움이 일었다. 거기에 더해 지독한 분노까지.

그것은 그녀의 내면에 자리한 또 다른 의식이 느끼는 감 정이었다.

또 다른 감정…… 오천 년의 세월을 넘어 그것이 깨어났 다.

자오링의 내면은 그를 알고 있다.

'탄타쿨? 아니…… 설마 당신인가?'

순간 그의 검은 날개가 더욱 커지며 모든 공간을 덮었다.

그 막대한 압력에 자오링의 정신은 산산이 분해되어 흩어졌다.

"끄악!"

자오링이 비명을 지르며 깨어났다.

조금 전까지 분명 따뜻하고 평안한 기분 속에 있었던 것 같은데 순식간에 차갑고 끈적끈적한 무언가가 몸을 휘감는 느낌에 소름이 돋는다.

"으윽."

고통이 다시 밀려왔다.

내장을 후벼 내는 것 같은 극심한 통증이 계속되었고, 뼈마디가 끊임없이 쪼개지는 듯했다.

'방금 그건 뭐였을까.'

정확하게 기억나는 것은 하나도 없었다.

다만 불쾌감과 즐거움이 섞여 기묘한 혼란을 가져올 뿐이었다.

자오링은 여전히 누운 상태로 팔, 다리를 오므린 자신을 발견했다. 적들의 공격을 막으며 모래사장을 파고들던 그 모습 그대로인.

해적들도 그대로였다. 자신을 둘러싸고 칼을 내려친 모습들.

그러나 그들에게서 힘이 느껴지지 않는다.

"……."

달이 구름을 걷어 내고 빛을 보내 왔다.

그리고 자오링은 보았다. 해적들의 몸을 통과해 들어오는 수백, 수천 개의 작은 빛줄기를.

그것은 마치 수많은 바늘들이 몸을 뚫고 지나간 흔적들과 같았다.

스르륵.

해적들이 그제야 무너졌다. 수없이 많은 구멍들에서 미약한 녹색 연기를 뿜으며.

"하아……."

자오링은 무의식 속에서 무공의 경지가 상승하면서 내뿜는 강력한 기운이 적들을 격살한 것이라 여겼다. 그것이 아니라면 이 상황을 스스로도 납득하기 어렵다.

누운 채로 자오링은 긴 호흡을 시작했다.

통증이 계속 정신을 어지럽혔지만, 조금이라도 힘을 보충해야 했기 때문이다.

깊고 고른 숨.

일월천하 대륙의 무인들이 자랑하는 내공의 시작이자 끝.

'허!'

자오링은 고작 몇 번의 호흡에 어마어마한 기운이 축적

되는 것을 느꼈다.

60년의 그릇이 깨지고, 상상도 할 수 없을 정도로 큰 도가니가 새로 생긴 것이었다.

의도하지 않았지만 눈물이 흘렀다.

정말로, 정말로 극마지경을 뚫어 낸 것이다. 그 시발점이 어디였는지는 알 수 없으나 분명 자신의 위치는 사부, 장샤오펑이 말한 그 상태가 확실했다.

'울고 싶지 않다니까……'

우두둑.

호흡을 계속할수록 고통이 줄어들면서 뼈가 뒤틀리는 소리가 일었다.

몸이 저절로 최적의 상태로 회복되는 것.

이대로 시간이 조금만 더 주어진다면 수백의 적들을 마주하고도 충분히 자신감을 가지게 될 것이었다.

하지만, 시간은 자오링에게 가혹했다.

척. 척. 척. 척.

규칙적인 발소리들은 소수의 인원이 내는 것이 아니었다.

적어도 50명에서 많게는 100명.

한껏 들떴던 기분이 빠르게 잦아들고 억울함과 짜증이 올라온다.

자오링은 호흡을 하면서 천천히 상체를 들었다. 그리고

가부좌를 틀고 다가오는 무리들을 노려보았다.

예상했던 그대로 그들은 해적이었고, 그 숫자는 100에 근접했다.

'아직…… 조금만…….'

척!

자오링을 멀찍이 앞에 두고 해적들이 일제히 멈췄다.

순간 그녀의 눈망울이 흔들렸다.

무리들을 가로지르고 나온 자를 확인했기 때문.

처벅, 처벅.

그가 가까이 다가왔다.

바로 전투 초반에 룩에게 맹공을 퍼부어 그의 행동력을 저하시키고, 곧바로 자신의 수행 무인들과 룩의 조력자들을 학살하던 해적들의 수장.

검은 갑옷의 검사가 등장하기 전까지만 해도 적들 중 가장 강력했던 자였다.

다른 해적들과 확실하게 구별될 정도로 큰 신장을 하고, 가슴의 해골 문양을 흰 염료로 생생하게 그려 넣은 수장은 전투 막바지에 이를 때까지 작은 상처조차 입지 않았었다.

"후우…… 후우……."

그를 노려보면서도 자오링은 전신에 내공을 순환시켰다.

그가 방심한 상태라면 부족하나마 일격을 감행할 수도

있기에.

멈춰선 수장과 자오링 사이에 잠시간 침묵이 감돌았다.

"……토우씨앙(투항), 쓰왕(죽음)."

자오링은 가늘게 떴던 눈을 크게 추켜올렸다.

그의 입에서 유창한 시엔 말이 나왔기 때문이었다.

"선택은 당신 몫입니다. 고귀한 자오링."

대제국의 공주인 자오링에게 예를 다하여 말하는 수장의
태도는 도무지 그녀의 목숨을 노렸던 적의 모습이라 여기기
힘들 정도였다.

"장난하는가."

"방법의 차이였을 뿐입니다. 다른 분들께도 마찬가지였
습니다. 어쩌면 당신을 제외하고 모두 순환의 고리 속으로
다시 돌아갔을지도 모릅니다."

자오링은 그의 말을 이해하지 못했다. 다른 분들은 누구
고 순환의 고리는 또 무엇인가.

"저희에게 투항하신다면 당신은 다시 신성하신 그분의
곁에 설 수 있습니다. 그리고 예전에 이루지 못했던 우리의
바람을 함께 만들어 가는 겁니다."

"신성한? 예전? 너희의 바람?"

끄덕.

"대체 너흰 누구냐. 너희 역도들은 감히 위대한 제국 시

엔의 공주인 나를 해하려 했으며 많은 시엔 인들을 죽였다. 자오 대제께서 알게 된다면 당장 수십만 해군을 동원해 너희 멸살할 것이다."

"알게 된다면 말이지요……. 그렇다고 해도 겁먹거나 하지는 않습니다만."

수장이 씨익 웃으며 말했다. 달빛에 비친 그의 얼굴은 생각보다 젊었고 또 강인해 보였다.

"자세한 내용은 거인대사—쮜런따스. 즉, 제렌 디스—께서 말씀해 주실 겁니다. 함께 가시겠습니까?"

"거인대사……."

자오링도 제렌 디스라는 존재에 대해 안다.

옛 전설은 모든 대륙에 동일하게 퍼져 있는—세세한 내용은 약간씩 다르게 해석되었지만— 것이었기 때문이다.

"미쳤구나. 허황된 전설을 들먹여 날 어지럽게 할 속셈이더냐."

"이미 보셨을 텐데요, 거인대사를. 검은 갑옷을 입은 검사, 기억나시죠?"

자오링은 순간 강한 정신적 충격을 받았다. 비교적 안정적이던 호흡이 끊겨 애써 모으던 내력이 흩어져 버렸다.

"예언은 실현될 겁니다. 단, 당신들과 관련된 부분은 약간 바뀌겠지만요."

흑룡, 제르 호바의 예언.

그저 어린아이들을 잠 못 이루게 하는 괴담에 다를 바 없는 그것을 말함인가.

모든 인간들의 뇌리에서 이제는 완전히 지워진 악몽과도 같은.

자오링은 팔목에서 풀은 뒤 상의 깊숙한 곳에 넣어 둔 붉은 천을 떠올렸다.

검은 용, 헤이룽의 머리를 수놓은 천.

마법사 룩은 검은 갑옷의 검사에게 마력을 퍼붓기 전, 이것을 반으로 찢어 넘겨주면서 말했었다.

"헤이룽의 예언을 상기하세요. 당신들 모두가 함께해야 합니다."

"뭐?"

"살아남아 로슈르에 도착하신다면 얼마 지나지 않아 저희 동료들이 당신을 맞이할 겁니다. 그때 이 표식을 보여 주세요. 이것은 헤이룽을 상징하기도 하지만, 저희의 상징이기도 합니다. 그럼 그들은 제 죽음과 더불어 당신의 신분도 확인하겠지요."

"헤이룽이라니. 뭔 소리냐."

"자린의 뜻이 당신과 다른 분들께도 함께하길……."

"흑룡의 예언……. 예언이라."

"이제 감이 옵니까."

"퉤!"

자오링이 수장에게 피가 섞인 침을 뱉었다.

"개소리 말고 그냥 죽여!"

눈에서 불길을 쏘아 낼 것처럼 살기를 일으키며 자오링
이 외쳤다.

이미 일격은 물 건너 가 버렸다. 오히려 주화입마에 빠지
지 않은 것이 다행일 정도.

수장은 이미 그럴 줄 알았다는 듯 당황하지 않고 눈을 좁
혔다.

"할 수 없군요. 결국 당신께선 새로운 세계를 향한 진군
에 동참할 자격을 잃으셨습니다."

수장이 천천히 칼자루를 잡았다.

"다시 순환의 고리 속으로 들어가세요. 언젠가 또 이 세
상에 나오셨을 때는 모든 것이 바뀌어 있을 겁니다."

자오링은 그의 말을 흘려들으며 눈을 감았다.

극마지경을 넘어서자마자 죽음이라니……. 하지만 모든
것을 포기하자 곧 마음이 편해졌다.

휘이이잉―

멀리서 바람이 불어와 이곳에 있는 모두를 휘감고 지나갔다.

자오링은 여전히 눈을 감은 채였고, 수장은 칼을 높이 들어 그녀의 목을 쳐 내려는 자세였다.

그러나 그는 칼을 휘두르지 않았다. 먼 곳에서 다가오는 어떤 존재를 느끼고 그 방향에 눈을 고정시킨 채.

죽음을 기다리다 지친 것일까. 자오링이 눈을 뜨고 해적 수장의 얼굴을 바라보았다.

묘했다. 뭐라고 표현해야 할까.

기괴하게 일그러진 그의 얼굴은 수천, 수만 가지의 감정이 뒤섞여 있었다.

자오링은 그의 시선을 따라 몸을 뒤로 돌렸다.

"⋯⋯."

누군가 이곳을 향해 걸어오고 있다.

작은 점에서 시작해 조금씩 형체를 키우며 다가오는 인물.

스릉.

수장이 칼을 칼집에 넣는 소리를 들으며 자오링은 이제 선명하게 드러난 인물을 살폈다.

작다.

자신보다 머리 하나 정도 더 작은 키를 가진 소년.

잠옷 같은 얇은 의상을 걸쳤음에도 매서운 바닷바람에
조금도 몸을 떨지 않는다.

무엇보다 인상적인 것은 소년에게서 나는 황금빛 광채였
다.

광채…… 어디선가 본 것도 같은데. 누구였더라?

자오링은 근처까지 온 소년이 보내는 다정한 웃음을 보
았다.

멀리서 온 친구를 환영하는 듯한, 그런 의미를 담은 웃
음.

소년을 빛내 주고 있는 광채가 자오링을 포근히 감쌌다.

그 속에서 자오링은 서서히 잠들었다. 왠지 모를 따뜻함
을 느끼며.

'……친구…… 일까. 심연의 어둠보다 더 검은 머리칼과
눈동자를 가진 친구…….'

스르륵.

검은 머리의 소년은 쓰러지듯 잠든 자오링의 얼굴을 쓰
다듬었다.

그의 행동을 해적들과 수장은 아무런 제지도 하지 않고
바라만 볼 뿐.

잠시 후, 소년이 몸을 일으켰다.

"카마…… 바나."

소년의 입에서 나온 말을 들은 수장의 눈동자가 흔들렸다.

그러나 뒤편의 해적들은 소년의 말을 알아듣지 못해 저들끼리 웅성거렸다.

소년이 말한 단어.

그것은 로슈르 표준어도 아니고, 지역 방언은 더더욱 아니었다. 그렇다고 북부의 여러 언어들에도 없는 단어였으며 남부의 마귀들이 쓰는 말에도 존재하지 않는 것이었다.

그러나 수장은 그 말을 알아들었다.

"요탈 자 모르샤. 카마 바나."

소년이 다시 말했다.

그러자 수장이 이를 악문 뒤 해적들에게 손짓을 해 그들을 멀찍이 이동시켰다.

이제 이 공간에는 소년과 수장, 잠든 자오링만이 남아 불어오는 바닷바람에 옷자락을 내맡긴다.

*　　*　　*

"난, 데일. 데일 잉그하임."

검은 머리 소년, 데일이 수장에게 환한 웃음을 보이며 말했다. 검은색 머리카락과 검은색 눈동자?

"압니다, 당신이니까 가능한 기적이라는 것을. 황금의 주인이여."

"훌륭해. 제렌 디스의 다른 하수인들보다 훨씬 똑똑한데?"

"당신이 이곳에 계시다는 건, 녹터널 헌터들과 징그러운 늪의 마귀들이 임무에 실패했다는 뜻이군요."

"너흰 변한 게 하나도 없구나. 여전히 서로를 멀리하며 연락 따위는 주고받지 않으니."

"……."

데일의 말은 암흑 군대 내부 세력들도 각자 다른 길을 걷고 있다는 뜻이다.

"깨달으신 겁니까. 당신이라는 존재의 진짜 가치를."

"아니, 아직 멀었어. 난 그냥 좀 답답해서 잠시 외출했을 뿐이야."

이 말은 자신이 데일과는 또 다른 존재임을 밝히는 것이었다.

"왜 신성한 예언에 칼날을 드리우는 거지?"

"제렌 디스의 판단입니다. 그들은 결코 예전과 같은 실패를 원하지 않으니까요."

"아니, 틀렸어. 중간에 끼어든 자가 있어."

수장은 데일의 말에 몸을 움찔거렸다.

그 또한 뭔가를 알고 있다는 것일까.

"일단 이 아이는 내가 데려가겠다. 다섯이 모여야 예언은 실현되니까."

"그날이 오지 않았습니다. 그사이에 벌어지는 일들에 개입하신다는 것 자체가 신성한 예언에 어긋나는 행위일 텐데요."

"어차피 틀어졌어. 나라도 나서서 돌려놓아야지. 안 그래? 알트로피데스."

수장은 알트로피데스라는 자신의 진짜 이름이 불리자 저도 모르게 뒷걸음을 쳤다.

"왜, 모른다고 생각했나? 그저 뛰어난 실력을 가진 해적의 두목으로 여겨지길 바랐을 테지."

데일이 조금 전과는 다르게 차가운 표정으로 변했다.

"네게 힘을 봉인하고 수천 년간 기다리라 명령…… 아니지. 부탁한 이가 누구지?"

알트로피데스는 이 순간 데일의 또 다른 내면이 자신이 짐작한 존재가 아닐 수도 있다는 생각을 했다.

"베텔기우스는 아닐 것이고. 일라신?"

알트로피데스의 몸에서 검붉은 기운이 외부로 뿜어져 나왔다.

"황금의 주인이 아니군요."

"음, 보자…… 오호라! 그로구먼, 화염의 주인."

알트로피데스의 얼굴이 괴상하게 일그러지기 시작했다.

마치 무언가로 변하려는 것처럼.

"그만. 함부로 현신했다가는 너와 화염의 주인이 꾀하려고 했던 계획이 무산될 수도 있어. 보는 눈도 많구먼."

"으드드득. 정체를 밝히시오."

"네게 이름을 지어 준 이가 나다. 더불어 네 이름의 뜻을 바꾸어 주기도 했고."

알트로피데스.

고대 발타나 어로 '햇살' 을 의미하는 단어.

하지만 멸망의 진군이 시작된 이후 '학살' 이라는 뜻으로 변질되어 인간들에게 공포의 대명사로 남았다.

털썩.

알트로피데스가 모든 행동을 멈추고 차가운 모래 바닥에 무릎을 꿇었다.

"잊고 있었습니다. 당신께선 모든 것에 임하실 수 있다는걸."

"중간에 웃기는 일들이 있었다. 이것 역시 그 녀석의 계획이었겠지. **라. 흐. 다.**"

고대용의 이름을 한 자, 한 자 또박또박 말하는 데일.

아니…… 전혀 다른 지고한 존재.

"탄타쿨 녀석이 허락해 줬기에 내가 여기 있을 수 있는 거야. '친절' 은 녀석의 버려야 할 성품 중 하나지만 말이야."

알트로피데스는 고개를 푹 숙인 채 물었다.

"이제 전 무엇을 하면 되오리까, 아버지시여."

"하던 대로 해. 대충 봐서 예언을 박살내도 좋고, 이 아이들을 공격해도 무방하다. 단, 선을 넘지는 말고."

"왜 때를 정하신 겁니까."

"······."

"당신께서 하신 예언, 굳이 그날까지 기다려야 할 이유가 있습니까. 힘이라면 지금도 충분합니다."

'데일' 은 결국 알트로피데스의 물음에 답하지 않았다.

그저 애잔한 눈으로 하늘 어딘가를 바라만 볼 뿐.

" '학살' 이여. 네게 말한다. 지금처럼 라흐다의 뜻에 따라 행동하라. 제렌 디스의 명령을 충실히 이행하는 것 또한. 그리고 태양과 달과 나머지 여섯 별들이 일직선이 되는 그날에 나의 현신을 기쁘게 받아들여라."

모래에 얼굴을 파묻을 듯 온몸을 숙였던 알트로피데스가 천천히 일어섰다.

그리고 굳은 얼굴로 데일의 말에 따를 것을 다짐한다.

"가야 할 시간이군······. 보는 눈이 많다는 내 말, 알아들었겠지?"

알트로피데스는 슬쩍 뒤편에 도열하고 있는 해적들을 흘
겨본다.

휘이이잉—

바람이 또 불었다.

그 바람을 등지고 알트로피데스가 해적들을 향해 걸음을
옮겼다.

그 모습을 검은 눈으로 바라보는 데일.

잠시 후, 비명 소리와 함께 100명에 가까운 해적들이
죽어 나가는 광경이 그 어두운 눈동자에 맺혔다.

뚝.

자오링의 얼굴에 뜨끈한 물방울 하나가 떨어졌다.

뚝. 뚝.

계속해서 떨어지는 이것은 눈물이었다. 데일이 흘리는.

무릎에 자오링의 머리를 올려놓고 부드럽게 이마를 쓰다
듬어 주는 데일.

그는 지금 울고 있었다.

바람이 불어 데일과 자오링을 쓸고 지나갔다.

순간 데일의 검은 머리카락이 허공에 날려 사라졌다. 그
리고 남은 자리에 풍성한 금발이 드러났다.

"다행이야, 속아 넘어가서. 아직 이 몸으로는 그를 물리칠 수 없으니까."

이 말은 결국 조금 전 알트로피데스에게 보여 주었던 모습이 그가 생각했던 존재를 흉내 낸 것에 불과하다는 뜻.

"난 아직도 모르겠다. 제르 호바가 왜 우리에게 시간을 준 것인지. 왜 예언을 남겨 모두에게 족쇄를 채웠는지. 그에게도 시간이 필요했던 것일까?"

데일이 고개를 들어 하늘을 응시했다.

"별들이 일직선이 되는 날…… 그것은 자린께서 그에게 내려 준 약속의 날이란다. 나도, 너희도 몰랐던 감추어진 진실. 어쩌면 라흐다는 그것을 알고 심통이 난 것일 수도 있겠구나."

이해하기 힘든 말을 중얼거리며 데일이 다시 자오링을 바라보았다.

"사랑했던 친구여. 너희의 운명을 재단할 자격이 내겐 없구나. 지금 나의 개입으로 너희의 앞길에 고난이 드리워졌단다. 제르 호바와 했던 맹세를 어긴 것이지. 지켜보는 자—죽지 않는 자—들도 책임을 묻기 위해 또 다른 행동을 할 거야. 지금껏 조용히 움직였던 것과 달리."

데일이 얼굴을 내려 자오링의 뺨에 가볍게 입을 맞추었다.

"누구의 잘못도 아니야. 자린의, 제르 호바의 마음을 헤아리지 못한 것은."

데일의 몸이 다시 황금빛으로 물들기 시작했다.

"이제 난 가야겠다. 너희와 같이 불운한 육체 속에서, 언젠가는 깨어나길 기다리는 영혼으로 돌아가는 거야. 우리의 '유전자'가 명령한 그대로."

유전자? 이것은 무엇을 뜻하는 말일까.

혹시 이 시대에 존재하지 않는 개념?

"너도 나도 힘들게 왔으니, 이제는 편하게 가야겠지?"

데일이 자신을 감싸고 있던 금빛 아지랑이 일부를 자오링에게 선물했다.

데일의 몸이 점점 흐려졌다. 원래 있어야 할 곳으로 떠나기 위해.

"……아버지, 자린을 원망해도 좋아. 하지만 증오하지는 말자."

잔잔한 미소를 남기고 데일이 완전히 사라졌다.

데일이 사라지고도 한참이나 황금빛 기운은 자오링에게 머물러 있었다.

그리고 달이 서서히 사라질 무렵, 자오링의 몸에서 나온 빛이 긴 줄기를 그리며 하늘 끝까지 올라갔다.

그에 맞춰 자오링이 눈을 떴다. 한 방울 눈물을 흘리며.

'뭘까…… 이 서글픈 감정은.'

꿈을 꾼 것 같지는 않았다. 하지만 왠지 모르게 가슴이 시리며 오열하고 싶어진다.

몸을 일으켜 바라본 주변에는 아무것도 없었다.

그저 고요한 바다와 물기 어린 모래사장만이 남았을 뿐.

해적들도, 그들을 지휘하던 수장도 없었다. 잠들기 전에 보았던 검은 머리의 소년도.

혹시 지금까지 환상 속에 있었던 것일까. 얼굴을 꼬집어 보면 황궁의 침실에서 눈을 뜨지는 않을까.

멍하니 앞만 응시하던 자오링의 귀에 사람들의 발소리가 들렸다.

"저기다!"

철컥거리며 달려오는 소리. 철갑옷을 입은 군인들의 그 것과 흡사하다.

"태양이시여……."

누군가가 감격하여 외치는 말이 너무나도 잘 들린다.

분명 시엔어가 아님에도 불구하고.

"멈춰."

이것은 여인의 음성.

철컥, 철컥.

그녀가 자오링에게 다가왔다.

순간 함께 다가오던 여러 사람들이 넓게 퍼지며 주변을 경계하기 시작했다.

"이쪽에 뭔가 불타서 녹아 버린 흔적이 있습니다. 퀸."

경계하던 이들 중 한 명이 여인에게 급히 보고했다.

"형체만 보아서는 확신할 수 없지만, 마치 인간들을 모아 놓고 단번에 불태워 버린……."

"쉿."

여인이 그의 말을 막았다.

그리고 다시 걸음을 옮겨 자오링의 옆에 이르렀다.

"……."

자오링은 그녀를 돌아보지 않은 채, 멀리 떠오르는 태양에 시선을 주고 있었다.

"자오링, 우화공츄?"

여인은 시엔의 말을 사용해 자오링에게 물었다.

피식.

자오링은 살짝 웃음이 났다.

상대 여인의 발음이 어색해서만은 아니었다.

자오링은 바로 답하지 않았다. 여인은 인내를 가지고 자오링의 입이 열리기를 기다린다.

"맞다. 내가 무화공주 자오링."

"흡."

"너희 말로 해도 돼. 왜 그런지 모르지만 알아들을 수 있으니까."

여인이 놀라 숨을 삼키는 소리를 들으며 자오링이 천천히 일어나 그녀와 마주 섰다.

자오링의 눈앞에 로슈르 제국의 기사를 상징하는 판갑을 입은 아름다운 여인이 있었다.

"늦었잖아."

여인은 조용히 고개를 숙이며 자오링에게 예를 바친다.

"어찌 된 일인지 여쭈어도 되겠습니까."

자오링이 품속에서 붉은 천을 꺼내 여인에게 주었다.

그것을 받아 든 여인은 사정을 짐작한 듯 굳은 표정을 짓는다.

자오링은 여인과 그녀가 데려온 자들을 주욱 둘러보다 입을 열었다.

"너희, 로슈르의 군인들이 아니군. 그렇지, 퀸?"

퀸이라 불린 여인이 씨익 웃었다.

"제국군 소속이긴 하지만, 모시는 분은 따로 있습니다."

"그간의 사정에 대해 굳이 아버지, 자오 대제께 말씀드리진 않겠다. 너희도 어쩔 수 없는 불가항력이었으니까. 대신 앞으로 날 불편하게는 하지 마."

"감사합니다."

"또 날 공격한 것들이 뭔지, 왜 그랬는지, 너희가 무엇을 꾸미는지도 더 이상 상관치 않을 것이다. 어차피 아버지와 사부가 내게 내린 명은 너희 로슈르의 국립대학교에 입학하는 것. 난 그 명령에 충실할 것이다."

퀸이 만족스러운 듯 고개를 끄덕인다.

"한데 날 어떻게 찾았나."

그 말에 퀸이 의아한 얼굴로 자오링을 바라본다.

"공주께서 신호를 보내신 것 아니었습니까? 밝게 빛나는 금빛 신호탄……."

말을 하던 퀸은 자오링의 표정을 보고 그녀가 행한 일이 아님을 깨달았다.

"되었다. 배가 고프구나, 가자."

자오링이 먼저 앞서 걸어가기 시작했다.

"혹시 저쪽에 불탄 시체의 산, 공주께서 하신 일인지요."

자오링은 퀸의 말에 멀지 않은 곳에 겹겹이 쌓인 채 녹아버린 시체 무더기를 바라보았다.

그것을 보고 오묘한 미소를 짓는 자오링.

환상이 아니었다면 틀림없이 그 검은 머리의 소년이 만들어 낸 작품일 것이다. 검은 머리…….

"빛나는 황금 머리칼……."

"예?"

자오링은 저도 모르게 '검은'이 아닌 '황금'을 말했다.

"가자, 배고프다니까."

어이없어 하는 퀸을 뒤로 두고 자오링은 도열한 채 길을 터 주는 기사들 사이를 걸었다.

"황금. 황금이라……."

중얼거리는 자오링의 입가에 따뜻한 웃음이 또다시 번졌다.

*　　*　　*

데일은 어둠 속을 걷고 있었다.

작은 빛 덩어리조차 보이지 않는 그야말로 완벽한 암흑의 세계를.

여기는 어딘가. 그리고 또 자신은 누군가.

끝없이 걷고 또 걸었으나 그것은 그저 의식하는 움직임일 뿐, 어딘가로 가고 있다는 감각마저 없었다.

그리고…….

자신의 작은 손을 잡고 앞으로, 앞으로 이끄는 아름다운 여인이 있었다.

흑발의 여인은 가끔 뒤를 돌아보며 희미하게 웃음을 보

낸다.

'당신을 알아요.'

데일이 전하는 마음을 느꼈을까. 그녀가 잠시 멈추고 데일을 바라보았다.

'당신의 이름은…… 헤테르프. 타락의 또 다른 이름.'

헤테르프가 데일을 살포시 안았다.

왠지 모를 떨림이 데일의 심장을 아리게 만들었다.

팅―!

갑자기 하프 줄이 끊어지는 것만 같은 아찔한 충격이 데일을 강타했다.

그리고 동시에 환한 빛이 그의 온몸을 덮었다.

모래가 잔뜩 낀 돌바닥의 감촉이 이제야 느껴졌다.

갑작스러운 빛으로 인해 감았던 눈을 떴다.

'꿈일까, 아니면 현실일까.'

열기는 없었으나 아지랑이처럼 일그러지는 공간.

뭐라 깊이 생각하지도 않은 채 데일이 고개를 들었다.

'헉!'

데일은 거대한 충격과 끝없는 두려움에 몸을 떨었다.

그의 눈앞에 웅크리고 있는 존재는…….

드래곤.

어둠 속에서 유난히도 빛나는 황금빛 비늘.

산 하나를 통째로 옮겨 놓은 것만 같은 어마어마한 몸집.

유선형으로 부드럽게 이어진 머리와 목, 그리고 몸에는 피 같이 새빨간 돌기들이 수백 개가 열을 이루어 있었다.

머리 위쪽으로 두 개의 뿔이 앞쪽으로 휘어져 광채를 머금고, 꼬리에서부터 이어진 외골격이 등을 지나 이마를 거쳐 감은 두 눈 사이에서 끝난다.

'이, 이건 또 뭐야. 꿈이 아니라면 있을 수 없는 일.'

드래곤은 그저 수천 년 전의 전설일 뿐이다.

데일은 항상 고대의 신비롭고 불행한 이야기들에 관심이 많았기에 옛 영웅들과 세상을 불로 뒤덮었던 마수들을 상상해 왔었다.

하지만 데일이 그렸던 드래곤은 저런 모습이 아니었다.

한 번도 떠올려 보지 못했던 황금의 용.

그것도 너무나 실제처럼 자신의 꿈속에 들어왔다.

그릉.

용이 움직였다.

그리고 언제까지나 감겨 있을 것 같았던 눈을 뜬다.

'흐읍!'

데일은 또다시 미지의 충격을 받았다. 전설에 따르면 옛
용의 눈을 정면으로 마주한 인간은 돌이 되어 버린다고 했
다. 그만큼 공간을 짓누르는 막대한 기운을 간직했다는 뜻
일 터.

사방으로 퍼졌던 기운이 서서히 사라졌다.

그제야 데일은 용의 눈을 자세히 볼 수 있었다.

데일이 본 황금빛 드래곤의 눈은……. 도마뱀의 그것처
럼 차갑지도 않았고, 늑대의 그것처럼 살기 어리지 않았다.

길게 난 속눈썹과 맑은 동공.

마치 선량한 인간의 눈을 보는 듯한 착각에 빠지는 데일
이었다.

'당신은 어떤 존재이십니까.'

누굴까. 저 부드럽고 따뜻한 눈을 가진 용은.

반쯤 내리깔은 눈 속에 지혜를 가득 담은 존재.

저 안에는 제르 호바의 위엄도, 라흐다의 과격함도, 베텔
기우스의 용맹함도, 세미토우르의 무자비함도, 일라신의 자
애로움도, 레스모이의 냉혹함도 없었다.

'그대, 빛나는 당신. 혹시…….'

일곱 드래곤들 중 가장 총명하고 사려 깊었으며 아버지
자린의 사랑을 제일로 받았다는 분신.

탄타쿨.

순간 데일은 어떤 전율에 휩싸여 격하게 몸을 떨었다.

소름? 아니다.

그것은 표현 불가능한 환희와도 같았다.

황금의 탄타쿨이 웅크렸던 몸을 느릿하게 펼쳤다.

마치 데일을 향해 반가움 또는 환영을 표하는 것처럼 길게 갈라진 주둥이 끝이 묘하게 올라가며 육중한 몸을 하늘 높이 들어 올렸다.

'으어어!'

용이 그 위용을 드러내자 이제껏 경험해 보지 못했던 중압감이 데일을 떨게 만들었다.

그러나 잠시 후, 탄타쿨의 머리가 향했던 하늘에서 빛이 내려와 둘을 감쌌고 그 따스함에 데일은 평온함을 느꼈다.

데일의 눈은 탄타쿨의 시선이 향한 방향을 따라갔다.

아무 것도 없는 줄 알았던 먼 하늘에 태양인지 달인지 모를 빛 덩어리가 존재했다.

'제게 뭔가를 보라는 뜻인가요?'

탄타쿨은 데일의 물음에도 반응을 보이지 않는다.

'저기에, 저 먼 하늘에 무엇이 있기에.'

데일이 눈을 가늘게 좁히고 탄타쿨과 같은 것을 보기 위해 애썼다.

'응?'

저건 뭐지?

빛 속에, 이글거리는 열기 속에.

그리운, 하지만 원망스러운 존재가 있었다.

손을 뻗으면 닿을 것만 같은……

—라…… 자린. 태양이라는 이름의 아버지…….

*   *   *

"응."

창을 통해 들어오는 아침 햇살에 데일이 눈가를 살짝 찡그렸다.

머리가 약간 띵한 것이 잠을 설친 것 같기도 했지만 특별히 피로하거나 하지는 않았다.

"하아……."

길게 한숨을 쉬던 데일은 가슴이 왠지 모르게 시린 느낌에 눈물이 날 것만 같았다.

"항상 꿈이 생각나지 않아."

누구에게 들으라고 말한 것은 아니었다.

꿈을 꾼 듯한 날이면 그 내용이 생각나지 않았으면서도

아쉬움과 서글픔이 일어나곤 했다.

"팔자 좋으셔."

"어?"

데일은 누군가 내뱉는 말에 흠칫 놀라며 벌떡 상체를 일으켰다.

데일이 바라본 곳에는 팔짱을 끼고 벽에 기댄 채 서 있는 루산이 있었다.

늘 그랬듯 사냥꾼 모자를 푹 눌러쓰고서.

"넌 사람을 상당히 피곤하게 만드는 재주가 있구나."

고개를 약간 들어 올리며 말하는 루산의 얼굴에 미약한 놀라움이 보인다.

"네가 왜……."

말을 하면서 얼굴을 돌리던 데일은 자신이 누워 있는 침상 옆에 굳은 자세로 앉아 있는 키릭을 발견했다.

그의 표정도 루산과 다르지 않았다.

다만, 안심했다는 감정이 섞인 것이 차이였다.

"설마 둘이 밤새 날 지켜본 거야?"

"지켜봐? 허!"

루산이 혀를 차며 팔을 풀었다.

"너 하나도 기억 안 나지?"

"……."

"내가 쳐 낸 공에 맞아 기절한 건."

"……안 나."

"이상한 말 지껄인 건."

"내가?"

데일은 루산이 무슨 말을 하는지 도대체 이해할 수가 없었다.

"너!"

분통이 터진 루산이 화를 내려는 찰나.

"그만 하지. 데일에겐 휴식이 필요하다. 먼 길을 다녀왔을 테니."

키릭이 루산의 말을 막으며 말했다.

"키릭, 무슨 소리야. 먼 길이라니?"

데일은 두 사람의 이상한 행동에 답답하다 못해 짜증마저 나려고 했다.

키릭이 데일의 얼굴을 빤히 바라보았다.

"……그래. 그걸로 되었다."

키릭이 천천히 일어나 루산에게 시선을 주었다.

"아, 참! 둘이 나한테 뭐라는 거냐고."

키릭은 말없이 몸을 돌려 방을 나섰다.

그리고 루산은 묘한 눈으로 데일을 쳐다보다가 곧 키릭을 따라 나간다.

"진짜 왜 저래……."

데일은 둘이 자신에게 못된 장난을 치는 것만 같아 기분이 상했지만, 이내 마음을 풀고 창가에 섰다.

멀리서 태양이 떠올라 세상을 비추고 있었다.

합숙소 관리인 몰케가 부지런히 밤새 더러워진 길을 닦는 모습이 보인다. 정원사 비트만은 가위를 들고 수풀을 정리하고 있었고, 그 근처에선 그의 아내가 분수에 떨어진 낙엽을 치운다.

부드러운 눈으로 펼쳐진 전경을 감상하던 데일은 그보다 더 먼 곳을 응시했다.

"기분이 좋구나."

이유는 알 수 없었지만 가슴이 뛰었다.

보고 싶었던 누군가가 이곳을, 자신을 찾아올 것 같은 느낌.

있을 수 없는 일임에도 데일은 표현하기 힘든 즐거움에 휩싸여 부드러운 웃음을 지었다.

"어서 와……."

지금 데일은 자신이 무슨 말을 했는지도 몰랐다. 그저 이 기분을 놓치고 싶지 않다는 생각뿐.

눈을 감고 크게 숨을 들이키는 데일에게 아침 해가 축복을 내려 주듯 환한 빛을 드리운다.

"⋯⋯너."

양호실을 떠나 한참을 걷던 키릭이 뒤에 따라오는 루산에게 입을 열었다.

"왜."

"오늘 있었던 일, 아무에게도 말하지 마라."

"왜."

"그 머리 계속 달고 다니고 싶으면 입 다물어."

"싫은데?"

키릭은 루산의 저런 태도가 자신에 대한 반감임을 안다.

"쓸데없는 관심만 키울 뿐이야."

"누구? 아, 내가 말한 그 길쭉한 녀석? 알렉인가 뭔가 하는."

루산은 데일을 기다리는 동안 키릭에게 알렉과 갈리우스가 나눈 대화의 내용을 알려 주었다.

"내가 그랬지? 너희 둘 비밀이 너무 많다고."

"말하기 귀찮을 따름이다."

"그런 나랑 상관없는 일이고. 언제까지 그러고 있을 거냐? 필요 이상의 과묵함은 다른 이들에게 피해를 준다는 거, 넌 모르겠지."

"피해를 줄 생각은 없다."

"없다고? 크크크. 아니, 너흰 벌써부터 나와 리디아에게 위험 요소가 되었어. 나중에 무슨 일이 일어나든 당장 학교생활이 피곤해질 게 자명한데. 아까의 그 신비로운 현상, 못 본 척하려는 건 아니겠지? 아, 내 입을 막으시겠다? 그래서 너희 둘의 아름다운 우정과 비밀을 지킬 것이고."

키릭이 걸음을 멈췄다.

"그냥 눈을 감았다 뜬 것이 다야. 한데 침상에 금발의 작은 친구가 있더군. 처음부터 있었던 걸 내가 없었다고 착각한 게 아닐까 싶을 정도로 편안한 모습을 하고서. 내가 바보, 미친놈이 된 기분이었어. 넌 아니겠지만."

"……."

"깨어나고서 보여준 태도, 그게 더 기가 막혀. 자신에게 무슨 일이 일어났었는지, 아니, 자신이 무얼 했는지 전혀 모르겠다는 행동……. 정상은 아니지."

루산의 마지막 말은 어딘지 모르게 힘이 없었다. 그 자신도 비정상이긴 마찬가지였으니까.

"루산."

"어쩌라고."

"너도 알겠지만 데일에겐 우리가 상상할 수도 없는 뭔가가 있다."

"그러니까 더 짜증난다고."

"난 그것을 위해 우리가 이곳에 모였다고 생각한다."

"난 아닌데?"

키릭은 루산의 삐딱한 태도와 말장난에도 화내지 않고 차분히 말을 이어 갔다.

"나와 데일을 위해 죽어 가던 이가 내게 말했다. 데일이 세계의 운명을 쥐고 있다고. 내가 그의 손을 놓지 말아야 한다고."

"감동적이군."

루산은 여전히 비아냥거린다.

"그리고 헤테르프."

"그건 뭔데."

"날 공격했던 드래곤의 이름이다."

"드래곤도 이름이 있나? 풋."

루산은 끝까지 드래곤의 존재를 부정한다.

"놈은 날 죽이고자 했다. 뼛가루조차 남기지 않겠다는 의지로. 한데…… 데일이 날 살렸다."

"……?"

"놈의 마지막 공격을 막아 낸 뒤, 난 더 이상 힘을 쓸 수가 없었다. 그저 죽음만을 기다렸지. 그런데 드래곤은 최후의 일격을 가하지 않았어. 놈의 시선은……."

진지하게 말하는 키릭의 태도에 루산도 조금은 신중한

표정으로 변했다.

"데일에게 향해 있었다. 나에게 보여 주었던 극악한 살기를 담았던 눈이 아닌, 부드럽고 따스한 감정을 담아서. 난 그때 놈과 데일이 어떤 정신적 교감을 이룬 것이라 판단한다. 그게 아니었다면 이 자리에서 너와 귀찮은 대화를 나눌 일도 없겠지."

"잠들어 있어야만 뭔가 한다는 뜻인가, 저 녀석."

"아직은 그럴지도. 데일에게 담긴 미지의 힘과 운명. 그것이 무엇인지 모르는 상태에서 함부로 다른 이들에게 데일이 주목받게 할 수 없다."

루산은 머리를 벅벅 긁으며 고민스러운 표정을 지었다.

물론 루산은 키릭의 말 전부를 믿지 않았다.

그러나 그의 진지한 모습을 본 이상 어느 정도 수긍하지 않을 수는 없었다. 또한 데일이라는 작은 친구에게 정말로 특별한 무언가가 있다는 사실은 루산도 잘 알았다.

능력자 스스로도 모르는 상태에서 다른 이들의 눈길을 받아 봐야 좋을 것이 없다는 것은 세 살 먹은 어린이도 동의할 것이다.

"일단은 뭐, 나도 너희의 비밀에 동참하지."

키릭이 루산을 향해 고맙다는 듯 고개를 힘주어 끄덕인다.

"하지만 절대 리디아가 신경 쓸 일은 만들면 안 돼. 조용히, 조용히 지내라고."

"나도 그랬으면 좋겠다."

한숨을 쉬는 키릭과 루산에게 복도의 창문을 통해 태양이 빛을 뿌렸다.

그로부터 5일 후.

한 대의 마차가 먼지를 일으키며 합숙소의 정문 앞에 도착했다.

모두가 기다리던 다섯 번째 특채생을 데리고.

6장
제렌 디스와 또 다른 어둠의 씨앗

RAJARIN

콰쾅!

강한 눈보라가 치는 대지 멀리 벼락이 떨어졌다. 검은 하늘과 하얀 눈이 쌓인 땅.

어울리지 않는 조합이지만 이곳이 얼음 대지라는 사실을 상기한다면 충분히 고개를 끄덕일 만하다.

콰콰쾅!

벼락이 또다시 떨어졌다. 그곳은 높이 솟은 화산의 정중앙이었다.

끓어오르는 용암이 요동치며 벼락의 기운을 뜨거운 표면위에 골고루 흩뿌렸다.

화산을 지나 길게 이어진 산맥이 나타났다.

그리고 그중 가장 거대한 산의 중턱에 신전 형태의 건물이 여러 채 보인다.

뚝. 뚝.

바깥의 추운 기온과 달리 신전의 안쪽의 공기는 무척이나 뜨거웠다.

데워진 공기가 입구에서 차가운 대기와 만나 물방울을 형성해 바닥에 떨어뜨렸다.

검붉은 바닥의 갈라진 틈으로 흐르는 용암과 내부에 솟은 몇 개의 기둥들 위로 용암이 흘러내리며 가공할 열기를 사방으로 뿌리고 있었기 때문.

신전 중앙에 검은 돌로 만든 거대한 크기의 석좌가 존재했다.

그리고 거기엔 그에 어울릴 만큼 큰 덩치를 한 누군가가 앉아 위용을 자랑한다.

검은 판금 갑옷. 아니, 검다고 표현하기에 부끄러울 정도로 완전한 어둠을 연상케 하는 기류가 감돌고 있는 갑옷이었다.

끼릭, 끼리릭.

갑옷의 검사가 팔뚝 부분을 분리하기 시작했다.

철컥.

팔꿈치 부분부터 팔목까지 덮은 철편이 완전히 개방되었다.

쩔그렁.

철편이 바닥으로 떨어졌다.

검사는 곧바로 철 장갑마저 벗어 땅으로 집어 던졌다.

얼굴 전체를 가리고 눈 부위만 열린 투구 안쪽에서 붉은 점 두 개가 번쩍거렸다.

그것은 눈이었다. 틀림없는 마왕의 눈.

그 붉은 눈은 외부에 드러난 자신의 팔을 바라보고 있었다.

굵은 힘줄과 핏줄이 터질 듯 튀어나온 가느다란 팔. 구토를 불러일으킬 정도로 기괴하게 일그러진 피부는 인간의 것이라 보기 힘들다.

치이이익.

갑자기 공기와 닿은 피부에서 연기가 났다.

순간 멀쩡하던 팔과 손이 급격하게 녹아 흘러내렸다.

철퍽거리며 바닥으로 떨어진 검사의 팔. 누런 진물과 흐물거리는 살덩어리들만이 쑤다 만 죽처럼 변해 땅에 퍼진다.

"역겨워."

그 광경을 지켜보던 검사의 뒤편에서 차가운 음성이 들렸다.

어두운 그림자를 뚫고 누군가 검사에게 다가왔다.

칠흑 같이 검은 로브. 그리고 그 주변에 일렁거리는 붉디 붉은 마력의 기운.

기괴한 분위기를 풍기며 나타난 그는 움직이고 있으나 몸의 흔들림이 전혀 없었다.

마치 허공을 유영하는 것과 같이.

"예전이나 지금이나 네 더러운 취미는 여전하구나. 굳이 안 봐도 될 것들을 보려고 하는 것."

로브의 남자가 검사의 옆에 선 뒤 말했다.

"더 지저분한 것도 보여 줄 수 있지. **롱 버트**, 내 친구여."

갑옷의 틈새에서 유령의 그것처럼 울려 퍼지는 낮은 음성. 분명 검사의 답변이었다.

"완전함을 갖추려면 시간이 더 필요한가."

로브의 마왕, 용암의 롱 버트가 검사에게 물었다.

"필요 없다. 이대로도 충분해."

"충분하기는 무슨. 암흑의 무구가 없으면 형체도 유지하지 못할 놈이……."

"네놈 덕분이지. 억지로 나의 잠을 깨웠잖은가."

검사의 말로 미루어 보건대 그는 지금 깨어나지 말았어

야 했다.

롱 버트의 마력이 그의 길었던 동면을 강제로 해제시켰고, 때문에 뒤틀린 무언가가 완전한 부활을 방해했다.

그 후유증으로 지금과 같이 갑옷을 벗으면 몸이 녹아내리는 현상이 발생하는 것이었다.

"예전에 비해 반의반, 또 그 반에도 못 미치게 만들어주신 분이 그런 말을 할 자격이 있나."

"어쩔 수 없었다. 그건 너도 이해했지 않은가. **헤싸카.**"

폭풍의 헤싸카.

츠카이오 최강의 마검사였으며, 제르 호바의 종복을 자처했던 제렌 디스의 일인.

자오링과 룩이 보았던 검은 판갑의 검사는 바로 제렌 디스, 헤싸카였다.

멀쩡해 보이는 롱 버트와 불완전한 모습의 헤싸카.

그 둘의 차이는 부활을 시킨 주체에 있었다.

롱 버트는 루산의 실수로 인해 깨어났고, 헤싸카는 롱 버트가 직접 부활 의식을 주관했다.

루산과 롱 버트는 존재적 가치의 차원이 다르다. 그것이 이유였다.

"차라리 **노림**처럼 얌전히 '프로즌 아일'에 틀어박히지 그랬나. 그럼 그런 못난 꼴도 안 봤을 텐데 말이야."

천둥의 노림. 발타나의 왕자이자 또한 제렌 디스. 그도 부활했다는 말인가.

헤싸카가 말없이 철편과 철 장갑을 주워 본체에 결합하기 시작했다.

롱 버트는 그런 그를 묵묵히 바라볼 뿐.

철컥.

팔과 손이 있어야 할 자리에 갑옷의 일부가 완전히 결합했다.

잠시 후.

바닥에서 꿀렁 거리던 헤싸카의 덩어리들이 연기를 내며 타올랐다.

그리고 그 연기는 안쪽이 비어 있는 팔 부위 갑옷의 좁은 틈으로 급격하게 빨려 들어간다.

슈우우.

살덩어리들이 완전히 증발하여 사라졌다.

끼릭.

철 장갑에 달린 손가락들이 움직였다.

"친구여. 나의 눈은 분노로 이글거리고, 나의 혀는 적의 피를 맛보길 원한다네. 불규칙적인 이 심장의 고동은 내 검에 베어질 적들의 그것과 같으며, 내쉬는 숨 속에 응어리진 증오는 목표를 찾지 못해 방황하고 있지."

"⋯⋯."

"그리고 그 끝에는 살을 씹어 먹어도 시원찮을 분들이 존재해."

"불경스럽군⋯⋯."

롱 버트는 혀를 찼다.

자신과 달리 헤싸카는 정말 거침이 없는 자라는 사실을 상기했기 때문.

"탄타쿨⋯⋯ 일라신⋯⋯."

헤싸카가 고대용들의 이름을 부른다.

"베텔기우스⋯⋯. 세미토우르. 아, 멍청한 레스모이. 큭 크크."

레스모이를 생각하자 웃음이 나오는 헤싸카였다.

그는 제르 호바와 라흐다의 이름을 끝까지 부르지 않았다.

"눈물의 주인, 세미토우르만큼은 내 손으로 끝내고 싶었다. 그래서 네 충고를 저버리고 대양으로 나간 게지."

"얻은 것은 하나도 없잖은가. 나처럼."

롱 버트도, 헤싸카도 결국 다섯 아이들을 막지 못했다.

"어차피 너도 한번 건드려 본 것이 아니던가? 신성하신 그분의 예언을 시험해 보고자 하는 불경함."

롱 버트가 씨익 웃었다.

헤싸카가 자신의 의도를 정확하게 짚어 냈기 때문이다.

"조금 빨리 움직였을 뿐이라네. 덕분에 소득도 있었고."

"무슨 소득?"

"방패의 주인이 헤테르프를 이 세상에 나오도록 만들었다."

"호오."

헤싸카는 의외의 성과에 관심을 보였다.

"5000년이 되도록 원한을 잊지 않았다고나 할까. 그 어떤 드래곤보다 인간의 마음을 동경해 왔던 그녀다운 집념이지."

"지금 헤테르프는 어디에 있나."

"몰라. 헌터들을 보내 접촉을 시도하고 있지만, 워낙 음침한 구석이 있는 드래곤이라. 어쨌든 그분의 일에 방해가 되지 않을 것만은 확실해. 그녀 스스로가 그분의 자식임을 잊지 않았다면."

헤싸카가 석좌에서 일어났다. 롱 버트와 나란히 서자 그의 큰 덩치가 더욱 돋보인다.

철컥, 철컥.

헤싸카는 밖이 보이는 입구까지 묵직한 걸음을 옮겼다. 롱 버트는 여전히 허공에 뜬 채 그 뒤를 따른다.

휘이이잉—

강한 바람이 불어 발코니까지 나온 두 사람을 쓸고 지나
갔다.

그들의 앞에 어마어마한 광경이 펼쳐졌다.

산 아래쪽에 백만이 넘는 대군이 밀집해 횃불을 들고 그
들을 바라보고 있었다.

그들 대부분은 남부의 '인간' 들인 송곳 전사들.

눈처럼 하얀 털옷을 입고 그 아래에 단단하게 저민 가죽
무구를 걸친 송곳 전사들.

그들은 얼음 대지 암흑 군대의 핵심이자 장차 벌어질 대
전쟁을 이끌어 갈 잔인한 투사들이다.

녹터널 헌터와 늪의 요정, 홀리 고스트와 칼마이라, 데스
라이더와 같은 마법의 창조물들은 그들이 속한 어둠 속에서
이곳을 바라보고 있을 터.

"만족스럽군……."

투구에 가려 보이지 않았지만 헤싸카는 분명 웃고 있을
것이다.

"5000년을 기다려 온 이들이라네. 그리고 지난 수백
년간 수많은 전투를 통해 실전을 거듭해 왔지. 그 수는 무
려 천만. 고대용이 현신하지 않는 한, 누구도 저들의 앞길
을 막을 순 없다."

롱 버트가 자랑스러운 듯 입꼬리를 올리며 말했다.

"옛 생각이 절로 나는군. 그때 우리 앞을 가로막던 존재들은 이제 그 힘을 잃고 단지 예언에나 등장하는 신세로 전락했다지?"

헤싸카의 말은 롱 버트에게 한 것이 아니었다.

그 스스로에게 용기를 심어 주듯 다짐한 말이었다.

"인간의 욕망은 무한하고…… 같은 실수를 반복한다……. 하지만 우린 인간이 아니야. 욕망 또한 없고. 우리의 사명은 신성한 것. 더 이상 실수나 실패는 없어."

롱 버트가 차갑게 웃는다. 그 역시 강한 자신감을 표현하는 것에 다름이 없었다.

척!

헤싸카가 손을 높이 들어 올렸다.

순간 백만 대군이 일제히 자세를 갖추고 횃불을 들어 올렸다.

호흡 소리마저 조심스러운 공간.

일렁거리는 불빛을 반사하는 각각의 눈동자들은 검은 갑옷의 검사에게 고정되었다.

"죽여라! 더 이상 흘러내릴 피가 부족해질 때까지."

"먹어라! 너희의 위장과 창자가 터질 때까지."

"갈라라! 속에 든 내장의 온기가 식을 때까지."

"찔러라! 너희의 칼이 더 이상 갈 곳 없을 때까지."

두근.

두근두근.

백만 송곳 전사들의 심장이 격하게 뛰기 시작했다.

헤싸카의 잔혹한 외침에 모두가 살 떨리는 감동을 받고 있다는 증거.

"오랜 세월, 참아 왔던 복수의 때가 다가오고 있다. 아득한 옛날, 조상들이 나아갔던 길. 이젠 너희가 그 길의 주인이니라. 비참하게 살아온 지난날들은 따뜻하고 풍요로운 대지와 곡식으로 보상받을 것이다. 보아라!"

척!

헤싸카가 가리킨 방향을 향해 백만 대군의 얼굴이 일제히 돌아갔다.

"저 너머에 그들이 있다. 우릴 학살하고, 우리의 터전을 짓밟고, 우리 어머니와 누이들의 육체를 유린하던 사악한 적들이. 보이는가?"

두두두두두두두두.

송곳 전사들이 한꺼번에 발을 구르기 시작했다. 그 장엄한 광경을 접한 롱 버트도 길게 숨을 내쉰다.

"긴 세월 동안 대륙을 지배하던 거짓 제국, 거짓 황제가 우리의 칼날을 기다리고 있도다. 그의 목에 분노의 얼음송곳을 꽂아 넣을 자, 누가 될 것인가! 바로 너희다. 중부를 관통하고 북부에 얼음을 가져다 줄 자, 그것 또한 너희다! 그리고 우린 바다 건너 다른 대륙들도 용서치 않을 것이다. 5000년 전, 우리의 조상들에게 비겁한 암수를 날렸던 '인간' 들 모두에게 복수하라!"

"와아아아아아아아아!"

대지가 울리고 산맥이 떨었다.

송곳 전사들의 외침은 계속 이어졌다.

그리고 그들의 심장에 불을 지핀 헤싸카는 함께 고함을 지르며 모두와 감동을 공유한다.

"이제 그만 들어가지. 차가운 바람은 네게 좋지 않으니까."

롱 버트가 헤싸카에게 충고했다.

그의 말대로 불완전한 헤싸카는 차가운 대기를 오래 견디지 못한다.

"우릴 기다리고 있었단 것만으로도 저들은 충분히 보상받을 자격이 있다네, 친구여."

헤싸카가 천천히 몸을 돌리며 입을 열었다.

"조작된 전설 덕분이야. 저주받을 탄타쿨……."

롱 버트는 어째서인지 탄타쿨을 거론하며 말을 흐렸다.

"이 더러운 저주. 황금의 주인을 만난다면 두 배로 돌려 주겠어. 동면이라, 흐흐흐."

전설에 따르면 제렌 디스에게 동면을 명한 이는 제르 호바라 알려져 있었다.

한데 탄타쿨? 그것도 저주라니.

그간의 전설에 대한 해석이 잘못되기라도 했다는 말인가.

철컹, 철컹.

헤싸카가 다시 석좌로 이동했다. 롱 버트는 물끄러미 그를 바라보기만 한다.

그때.

롱 버트가 처음에 나타났던 어둠의 뒤편에서 누군가가 모습을 드러내었다.

"나와도 좋다."

음산하게 울리는 헤싸카의 음성에 어둠 속 인물이 반응했다.

푸른 색 통 넓은 바지. 가슴의 가죽 무구에 그려진 하얀 해골. 그리고 눈 아래 그늘을 드리운 푸른 두건.

'데일'이 알트로피데스라고 불렀던 해적들의 수장이었다.

알트로피데스가 조용히 걸어 나와 제렌 디스들 앞에 무릎 자세를 취했다.

"푸른 산호섬의 옥토푸스가 신성한 흑룡의 대리자인 제

렌 디스를 뵙습니다."

알트로피데스는 이들에게 자신을 옥토푸스라 말했다. 어느 쪽이 본명일까.

"보고 따위는 하지 않아도 된다. 이미 알고 있으니."

롱 버트가 차갑게 말했다.

"죄송합니다."

"임무에 실패한 쓰레기 주제에 말이 많구나."

이번에는 헤싸카.

"하필 그때 스타비챠들이 나타날 줄은 몰랐습니다."

알트로피데스, 즉, 옥토푸스는 자신이 스스로 수하들을 몰살시킨 행위를 감추고 그것을 스타비챠와 퀸에게 돌렸다.

"변명인가."

"……."

"네 변명이 아니라면 그녀의 운명이겠지. 뭐, 상관없다. 신성한 분의 예언이 그리할 것이라 했으니 꼭 네 탓만은 아니야."

알트로피데스는 몸을 더욱 낮추고 제렌 디스의 자비에 감사했다.

"한데 최선을 다하지 않은 이유는 뭘까."

알트로피데스가 롱 버트의 말에 움찔거렸다.

"너흴 버리고 떠난 토타르퍼스를 아직도 기다리나? 그가 다시 나타나 너희 해적들을 거두어 주길 바라나? 그래서 몸을 사리고 기회를 엿보는 것인가."

"어찌 감히 제가……."

"그는 돌아오지 않아. 동면의 저주를 받은 이들은 우리 셋이 다니까. 우리의 옛 친구는 '인간'으로서 수명을 다했다네. 5000년의 세월은 인간의 육체가 버틸 수 있는 한계를 훌쩍 뛰어넘은 시간이니까."

롱 버트는 알트로피데스의 주위를 천천히 돌며 말을 계속했다.

"지켜보고 있다, 오르시의 후손이여. 명예로운 해병이 아닌, 교활한 해적의 아들이여. 이번 일은 눈감아 주겠지만 이후로 불미스러운 행동을 약간이라도 한다면 용서치 않겠다."

"제렌 디스의 자비에 고개 숙여 감사드립니다."

"돌아가라. 푸른 산호섬으로 돌아가 전열을 정비하라. 곧 신성한 제르 호바의 부름이 있을 것이다."

끼이익.

쿵.

알트로피데스는 제렌 디스의 홀을 벗어난 뒤 문을 닫았다.

지금까지는 고개를 숙이고 있어 그의 표정을 알 수 없었지만, 느릿하게 들리는 그의 얼굴은 방금 꾸중을 들은 아랫 사람의 그것이 아니었다.

그는 웃고 있었다.

정말 재미있는 상황을 맞이했다는 듯 즐거움과 기대감
어린 웃음을 한껏 머금었다.

"어느 쪽 장단에 춤을 추는 것이 나의 무료함을 달래 줄
것인가."

복도 끝에서 길게 들어오는 달빛을 향해 천천히 걷는 알
트로피데스.

"어리석은 아버지? 욕심 많은 불꽃? 지혜로운 황금?"

나직하게 읊조리며 달빛을 향해 걸음을 옮긴다.

척.

잠시 후, 그는 건물의 외벽 바깥으로 난 작은 출구 앞에
섰다.

멀리서 바람에 날리는 눈발이 하늘에 하얀 장막을 친 듯
시야를 가린다.

"아버지…… 자린의 순백이 아닌, 칠흑의 영광을 스스
로에게 부여한, 어리석은 존재인 아버지."

제르 호바를 말함이다.

"그것이 인간의 마음, 욕심인지도 모르고 자신만의 환상
에 사로잡힌 화염의 주인."

라흐다.

"신중하고 지혜로우나 그것 때문에 결국 우리의 미래를 망쳐 버린 불쌍한 황금 비늘."

탄타쿨.

달을 마주 보고 있는 알트로피데스의 뒤로 그의 그림자가 길게 드러났다.

"어느 편을 들어야 이 두근거림이 계속될까. 응?"

그의 그림자가 조금씩 변형되기 시작했다.

"크크. 크크크크크."

참기 힘든 기쁨에 알트로피데스가 잘게 몸을 떨며 웃었다.

그림자가 완전한 모습을 갖추었다.

두툼한 꼬리. 거대한 날개. 가늘고 긴 목 끝에 위치한 머리와 뿔.

틀림없는 드래곤의 형상.

인간의 그림자가 드래곤의 형상으로 변했다.

그렇다면…….

눈바람 소리와 함께 알트로피데스의 웃음이 날카로운 음파가 되어 얼음 대지로 흩어진다.

외전
데일, 운명의 중심

RAJA RIN

"······인간과 빛의 요정, 대륙에 존재하는 다른 여러 종족들에게 전쟁을 선포한 일곱 드래곤과 흑룡족, 검은 저주를 듬뿍 받은 어둠의 자식들은 시론을 멸망시키고 북쪽으로 계속 진군했습니다."

　조용한 가운데 소년의 맑은 목소리가 울렸다.

　정확히 이십구 명의 소년, 소녀들이 책상을 두고 앉아 모인 교실.

　교탁에 선 소년, 데일은 잠시 뜸을 들인 뒤 다시 말을 이었다.

"오늘 제가 준비한 발표는 여기까지입니다. 영광과 승리를 노래한 단편은 개학 후, 첫 수업 때 발표하도록 하겠습니다. 질문 있으신 분?"

수확 직전의 들녘을 연상케 하는 황금빛 머리칼, 작고 마른 몸이지만 큰 눈과 오뚝한 코, 얇은 입술은 데일의 총명함을 그대로 나타내 주었다.

아무도 손을 들지 않자 교실 입구에서 청년의 음성이 들렸다.

"데일, 고생했다."

데일은 고개를 돌려 청년을 향해 고개를 숙이고 씨익 웃는다.

다리를 꼰 채 비스듬한 자세로 의자에 몸을 걸친 청년의 이름은 아타르 슈네인.

유서 깊은 비스텐지아 농업학교에서 문학과 역사를 가르치는 선생이었다.

"약간의 오류를 정정해 주자면, 호난의 태양은 왕국의 멸망과 함께 사라졌고, 아슐라탄의 무기는 창이 아니라 검이라는 해석이 지배적이지. 그리고 친위대장 렉…… 시우스? 라고 했는데, 레키우스 미나투르 폰테우스가 맞아. 야슐라탄의 검은 나중에 그의 이름을 따서 레키우스의 검이라 불렸단다."

슈네인의 지적에 데일이 얼굴을 붉히며 머리를 긁었다.

"옛 전설을 노래한 열 줄 시구를 이 정도까지 풀어내다니, 너의 문학적 소양은 칭찬받아 마땅하구나."

삐딱한 자세를 풀지 않고 툭 던지듯 말을 하는 모양새가 칭찬과는 거리가 멀었다.

하지만 데일은 슈네인의 성품을 잘 알았기에 그의 말이 진심임을 의심치 않았다.

"자, 그럼 여기서 숙제."

데일을 제외한 아이들의 얼굴이 살짝 일그러졌다.

"제르 호바가 말한 죄의 대가와 허물에 관한 역사학적 해석 다섯 가지와, 신화학적 해석 다섯 가지를 각자의 주관을 담아 서술해 오도록."

슈네인은 아이들의 한숨 소리를 듣자 기분 좋은 듯 입꼬리를 살짝 올렸다.

"그럼 다들 방학 잘 보내고. 이번 학기 수업은 끝이다."

반장이 일어나 대표로 인사를 하자 슈네인은 귀찮은 듯 손을 저으며 하교를 재촉했다.

"아, 데일. 넌 잠깐 남아."

"예? 아, 예."

"여기 네 이름 쓰고 아래에 어머니 도장 받아 와."

"이게…… 뭔가요?"

"입학 신청서."

데일은 슈네인의 행동을 이해할 수 없었다.

"무슨 말씀이세요?"

"읽어."

그제야 데일은 슈네인이 책상에 펼친 종이를 바라보았다.

"로슈르…… 국립대하…… 헉!"

데일은 소스라치게 놀랐다.

"서기관 양성학부 특채가 있어. 방학 동안 자질 심사를 거쳐야 정식 입학 허가가 나니까 미리 좋아하지는 말고."

아무렇지도 않게 말하는 슈네인과 달리 데일은 머리가 띵 한지 약간 비틀거리다 간신히 자세를 잡았다.

"설마 저를 추천하시는 건가요?"

"응, 학부에 동기가 근무하고 있거든."

고작 지방의 농업학교, 그것도 선택 과목에 불과한 문학과 역사를 담당하는 선생에게 국립대학교에 근무하는 동기라.

어쩐지 어울리지 않는다는 생각에 데일이 슈네인의 눈을 빤히 바라보았다.

"왜? 안 어울려?"

"아, 아뇨."

"얼굴에 다 쓰여 있어."

이걸 믿어야 하나, 말아야 하나.

평소 괴짜라고만 여겼던 슈네인이었다.

고대로부터 지금까지의 역사와 신화, 전설과 민담에 대해 모르는 것이 없고, 시, 소설, 수필 등 다양한 문학에도 방대한 지식을 자랑하긴 했지만.

"수도에 친구 분이 계시는지 몰랐네요."

"할 거야, 말 거야?"

"제 나이가 아직……."

"그러니까 특채지. 황제께선 인재를 사랑하신단다."

데일은 갑자기 찾아온 혼란에 머리가 지끈거림을 느꼈다.

"솔직히 장난이시죠?"

"그래 보이냐."

"그렇잖아요. 학교장 추천도 아니고, 또 제가 무슨 자격으로……."

데일은 순간적으로 드는 오한에 말끝을 흐렸다.

지금껏 볼 수 없었던, 남부의 만년설을 떠올리게 하는 슈네인의 차가운 표정을 보았기 때문이었다.

하지만 그는 언제 그랬냐는 듯 반쯤 감긴 눈을 한, 무료한 얼굴로 돌아갔다.

"신문에 연애 소설 몇 편 갈기고 국립대학에 무시험으로 들어간 애송이도 있어. 그 아이가 달리는 토끼라면 넌 창공의 독수리와 같지. 네 자신을 과소평가 하지 마."

누가 문학 선생 아니랄까 봐.

"싫어?"

"그건 아닌데요."

"어머니랑 동생 때문인가."

"……."

"오전에 뵙고 왔다."

"예?"

"생각해 보자고 하시더라. 그럼, 여기까지. 가서 잘 말씀드리고 내일까지 도장 받아 오는 것 잊지 마라."

'이건 기회야.'

자신의 꿈에 한 발짝 더 다가갈 수 있는 기회.

아버지의 뒤를 이어 황제를, 제국을 위해 봉사하는 것을 꿈꾸었던 데일이었다.

다만, 아버지는 제국의 군인으로서 복무하셨지만, 자신은 제국행정부 소속 농업서기관을 목표로 했던 것이 차이.

그러나 그것이 거의 불가능에 가깝다는 것도 데일은 잘 알고 있었다.

이런 시골 마을 출신이 고급 관료로 출세하기란 하늘의

별 따기다.

여차여차 지방 대학을 나와 시험을 통해 공무원이 된다고 해도 현 세태에서 연줄이 없다면 그저 농촌 행정담당관 정도가 되는 것이 전부였다.

하지만 국립대학 서기관 양성학부라니.

졸업과 동시에 중앙부처 서기관으로 시작해서 능력만 된다면 관리관, 즉, 차관보까지 올라갈 수 있는 최고의 엘리트 코스가 아니던가.

게다가 학생 대부분이 귀족 또는 부유한 상인의 자제들이거나 제국 내 각종 분야에서 최고의 재능을 가진 이들이다.

마음만 먹는다면 어마어마한 인맥을 쌓을 수도 있다는 뜻이다.

출세의 지름길.

로슈르 제국에서 국립대학교를 바라보는 시선이 바로 그러했다.

한데 그런 대단한 기회가 주어지다니, 데일은 이것이야말로 꿈이 아닐까 하는 생각을 해 보았다.

"사람은 겉모습만 봐서는 모르는 법이라더니. 슈네인 선생님께 그런 대단한 동기가 계신 줄 정말 몰랐지 뭐야."

데일의 눈에 비스텐지아 농업학교의 전경이 보였다.

백 년도 더 전에 지어진 건물이 왠지 정답게만 느껴졌다.

데일이 떠나고 난 자리를 바라보는 눈동자가 있었다.

해가 넘어가고 달이 떠오를 때까지 꽤 시간이 지났지만, 그 눈동자는 그 자리를 계속 응시했다.

얇은 뿔테 안경을 쓴 매끈한 얼굴.

호리호리한 체격에 큰 키.

코 아래 짧게 기른 수염과 긴 머리를 묶어 어깨에 걸친 모습의 사내는 슈네인이었다.

그리고 지금 그의 얼굴은 데일을 떨게 했던 그 차가운 냉기를 뿜어냈다.

"고작 서기관?"

슈네인이 뒤에서 들리는 음성에 슬쩍 눈을 돌렸다.

어둠.

빈 교실 구석에는 그저 밤의 적막만이 남아 있을 뿐.

"쓸데없는 재능 낭비야. 부모, 아니, 모친의 영향 때문이겠지. 어문학 특채라…… 저 녀석에겐 어울리지 않아."

"어차피 명목상일 뿐이야. 진정한 능력을 일깨워 주는 것이 너희들의 할 일이잖나. 설마 진짜 데일이 서기관이 될 거라 생각하는 건 아니겠지?"

슈네인이 나직하게 갈라지는 목소리로 말했다.

"우리도 다음 명령을 받은 적은 없다. 아이들을 지금 국립대학교로 보내라는 것이 끝."

"왜?"

"그분의 속을 어찌 짐작할까."

슈네인은 상대가 은근히 두려움에 젖어 가는 것을 느꼈다.

"너희 주인이 그리도 무섭나?"

"……나에게 감정 따윈 없어. 있다면 존경이란 거겠지."

슈네인이 들릴 듯 말 듯 킥킥거린다.

"이봐, 폰."

어둠 속 인물의 이름인가.

"네 생각은 어때? 데일, 저대로 길을 떠나도 되겠나?"

"무척이나 이른 결정이긴 했지만 주인의 뜻은 무조건 옳다. 또한 나 역시 데일을 믿어."

"믿는다? 무엇을 보고?"

폰은 잠시 말을 아꼈다.

"2년 전, 제 아비가 죽고 나서 모든 힘이 '봉인' 되어 버린 데일이야. 천재적인 머리만 남았지. 내가 어떻게 손쓰지도 못할 정도로 빠른 변화였어."

슈네인은 저들 조직의 주인과 맺은 약속을 제대로 이행하지 못했음을 시인한다.

"아타르 슈네인."

폰이 나직하게 그의 이름을 불렀다.

"믿음이란 건 말이야…… 무엇을 눈으로 봐야 얻는 것이 아니다. 마음으로 느끼는 것이지. 난 확신해. 감정 없는 피스인 나에게 애정을 불러일으킨 최초의 존재가 데일. 그것만으로도 데일은 합격점이야."

"모순이로군. 네 스스로 감정 없다고 생각하는 것이 아닌가. 주인에 대한 두려움? 존경? 거기서 이미 네 말은 어긋났어. 쯧쯧."

누가 선생 아니랄까 봐 폰을 가르치듯 말하는 슈네인이었다.

"그나저나 놀랍기도 하지. 아득한 과거의 일을 어찌 그리 정확하게…… 마치 곁에서 본 것처럼 표현해 내지 않았는가. 단순한 상상력의 범위를 넘어서 버렸어."

어둠 속 폰의 목소리에는 감탄이 스며 있었다.

"정확? 곁에서?"

슈네인은 명백한 비웃음을 담아 말했다.

"뭐, 과장해서 그렇다는 말이야. 누구도 그때의 일을 알 수는 없겠지만."

"멋들어진 소설의 일부라 생각하는 편이 좋아. 전설을 그대로 받아들이는 것은 어리석은 일이지. 모든 것은 저 아이의 상상력에서 나온 산물. 오해는 그쯤에서 끝내."

"그래도 데일, 저 아이가 예전에 보여 주었던 놀라운 능력들을 따져 본다면……"

슈네인은 오묘한 웃음을 지었다. 그는 지금 무슨 생각을 하고 있을까.

데일 잉그하임.

사람들이 부르는 별칭, 총명한 데일.

수천 년 동안 '그'의 피를 타고 이어져 온, 무한한 힘을 가진 아이.

슈네인은 까마득한 옛날 '아버지'를 원망하며 하늘을 향해 포효했던 존재들을 머릿속에 그렸다.

"이봐, 슈네인."

"왜."

"우리의 주인께서는 어떻게 생각하실지 몰라도 난 널 믿지 않는다. 다른 '코치'들과 달리 넌 우리의 선택이 아닌 스스로, 맹약에 다가왔으니까."

"훗."

"네게 무슨 능력이 있는지 난 지금까지도 모르겠다. 마스터 디록이나 장샤오펭처럼 무시무시한 무력이 있는 것도 아니고, 미켈리안처럼 정신적 지배력이 있는 것도 아냐. 또 포트 노틀의 사령관 얀 하스와 같은 지혜와 염동력도 갖추지 못했어."

"그래서?"

"어떤 목적을 가지고 힘을 감추고 있다는 말이다. 내가 보기엔 그래. 자고로 자신을 드러내지 않는 자가 가장 위험하다고 했지."

"크크크크크. 좋을 대로. 하지만 너희가 생각하는 것보다 난 훨씬 더 데일을 아껴. 만약 나중에라도 데일에게 해가 가해진다면 내가 용서치 않을 거야."

어둠이 부르르 떠는 것이 느껴졌다.

"한데…… 너무 빨라. 데일도, 다른 아이들에게도 시간이 필요한데. 너희 주인의 판단이 실수가 아니었기를 바랄 뿐."

슈네인의 말투에는 은은한 살기마저 배어 있었다.

하지만 지금 이 말과 행동이 참일까?

또 뭔가를 감추기 위한 거짓 행동은 아니고?

"신성한 제르 호바가 예언한 시기가 너무 빨리 다가오고 있어. 남부의 얼음이 녹기 시작했다. 제렌 디스들이 긴 동면에서 깨어났다는 증거. 게다가……."

제르 호바의 수족들이라 여겨지는 제렌 디스를 말하며 어둠 속 인물의 목소리가 낮아졌다.

"용암의 바다 너머 죽지 않는 존재들도 이 세상의 일에

간섭한 지 오래다. 평화의 시대는 곧 종말을 고할 거야."

슈네인이 고개를 들어 하늘을 바라보았다.

그의 눈동자에 무엇이 비치고 있을까.

왠지 모를 아련함이 거기에 감돌았다.

"……자린을 위하여."

슈네인의 입에서 의외의 이름이 나왔다.

"자린을 위하여."

폰 역시 같은 말을 흘리며 자취를 감추었다.

*   *   *

'꿈?'

데일은 완벽하리만치 검은 공간에 떠 있는 자신을 발견했다.

분명 어디론가 끌려가고 있음을 느꼈지만, 방향조차 인식할 수 없을 정도로 막막한 공간.

실제가 아니고 꿈이라는 것을 확실히 인지하고 있다는 것도 신기한데다가 결코 이 꿈이 낯설지 않다는 느낌 또한 기이하게 다가온다.

'뭘까.'

어느 순간부터 데일의 눈에 어둠을 태워 먹는 광휘가 보였다.

저 빛 속에, 저 따뜻함 속에 자신을 기다리는 초월적 존재가 있어 손짓을 하는 것만 같았다.

데일은 갑자기 자신의 몸이 그 빛으로 강하게 빨려 들어가는 것을 느꼈다.

'어, 어어!'

순식간에 다가와 데일을 삼켜 버리는 빛 덩어리.

그 안에서 데일은 무언가를 보았다.

찬란한. 그리고 거대하지만 온화한……

황금빛으로 둘러싸인 또 다른 자신을.

"끄으응……"

눈살을 찌푸리며 데일이 깨어났다.

뭔가 머리와 몸을 짓누르는 것만 같은 기분.

가끔 늦잠을 자게 되는 날이면 항상 드는 느낌이었다.

꿈을 꾼 것 같으면서도 그 내용이 생각나지 않는 것을 보면 꼭 그것이 정답은 아니다.

그냥 규칙적인 일상 중 하나의 일탈 정도?

"오빠! 밥!"

동생 뮤이나의 우렁찬 목소리를 들으며 데일이 비비적거리며 침상에서 나왔다.

식탁에 데일과 뮤이나, 그리고 어머니 이렇게 세 사람이 둘러앉아 손을 맞잡은 채 눈을 감고 있다. 태양과 곡식의 요정에게 감사의 기도를 올리는 중.

오늘따라 이상하게 아침 식사 시간이 불편하기만 했다.

무엇을 기도하는지 이맛살을 살짝 찡그린 어머니 때문일까.

그 이유를 너무나도 잘 알기에 데일은 더욱 눈치를 볼 수밖에 없었다.

"……축복을."

어머니의 마지막 기원이 끝나자 데일과 뮤이나도 한 목소리로 축복을 기원한다.

보통 이럴 때는 뮤이나의 재잘거림과 핀잔, 데일의 반박, 그리고 어머니의 미소가 섞여 평화로운 분위기를 연출했었으나 오늘은 딱딱거리는 포크 소리만 들릴 뿐이었다.

데일이 결국 참지 못하고 먼저 입을 열었다.

"죄송해요."

뚝.

어머니가 스프를 뜨던 손길을 멈췄다.

"뭐가 말이냐."

"하지만 이건 기회라고요."

"누가 뭐라 했니?"

"아무 말씀 안 하시는 게 더 답답해요."

"네 말대로 기회가 아니냐."

어머니와 데일의 대화를 들으며 동그란 눈을 요리조리 굴리는 뮤이나만이 식사를 계속한다.

"어머니가 무얼 걱정하시는지 알아요."

"네가?"

"튀어나온 돌이 먼저 깨진다는 어머니의 말씀."

"……."

"그래서 아버지도……."

"그만!"

데일의 어머니가 엄한 음성으로 말을 뱉었다.

"함부로 네 아버지를 언급하지 말라 했지?"

"어머니, 전…… 정말로 아버지가 자랑스럽습니다."

데일의 아버지 로그 잉그하임은 평민 출신으로서, 하급 병사로 제국군에 입대해 기병연대장까지 올랐던 대단한 인물이었다.

대륙 남부, 얼음 대지에서 적의 계략으로 인해 위기에 빠진 기병연대와 보병사단을 무사히 후퇴시키고, 자신은 몇 명의 충성스러운 병사들과 함께 길목을 지키다 전사한 그의 이름은 제국군 명예의 전당에 헌상되어 많은 이들의 본으로 남아 있다.

그러나 지금 데일의 말은 아버지의 위대한 행적과 관련하여 묘한 여운을 남겼다.

튀어나온 돌…….

"그 자랑스러운 분께서 살아 계셨을 때 항상 하시던 말씀 잊었니? 그것은 나의 생각이기도 하다."

"두 분 다 너무 걱정만 앞서셨어요. 전 대단한 사람이 아니에요."

"누구도 널 대단하게 여긴 적은 없단다."

"그럼 왜 저를……!"

순간 데일은 말문이 막혀 버렸다. 어머니의 슬픈 눈을 보았기 때문이었다.

"……자식이 잘되지 않기를 바라는 부모란 없구나."

"어머니, 저 잘 해낼 수 있어요. 무려 특채에요, 특채. 나라에서도 절 인정했다는 뜻이죠. 제가 잘되기를 바라신다면……."

"되었다. 이미 허락했으니 그만하자꾸나."

가족의 아침 식사는 이렇게 어두운 분위기 속에서 끝났다.

어머니는 데일을 대단치 않게 말했지만 사실 그렇지 않았다.

로슈르 제국 콜로스카 주 비스텐지아는 크지 않은 마을이지만 그래도 천 명에 가까운 인구가 거주하는 곳이었다.

이곳에서 데일을 모르는 이는 없었다.

단순히 머리가 좋아서? 시를 잘 짓고 문학에 소질이 있어서? 그 어렵다는 고대 언어학과 철학을 열 살이 되기 전에 완벽하게 제 것으로 소화해 냈기 때문에?

한 번 보고 들은 것은 절대로 잊지 않는 지식의 백과사전.

한마디로 데일은 천 년이 지나도 보기 힘들다는 천재 중의 천재였다.

그러나 데일의 진정한 특별함은 그런 것들이 아니었다.

데일이 어릴 적, 보통 사람들의 인식과 사고로는 이해할 수 없는 불가사의한 일들이 그와 함께했기 때문이다.

비가 오는 날짜를 정확히 맞추고, 마을의 누군가에게 해가 닥치기 전 그것을 알아차렸으며, 가뭄과 홍수를 예견하기도 했다.

갑자기 사람들 눈앞에서 사라져 버리는 일도 종종 있었고, 또 어느 순간에 나타나 아무렇지도 않게 사람들 사이를 거닐었다.

데일이 머무는 곳에 기이한 광채가 일어나 한동안 사그라지지 않는 현상 정도는 흔한 일이었다.

예를 든다면······.

"폴 아저씨!"

농기구를 정리하던 대머리 중년인을 보며 데일이 소리친
다.

"어? 데일 어디 가냐!"

"이따가 놀라지 마세요! 독 없어요!"

폴을 보자 독이 없는 뱀이 바로 떠올랐고, 심장이 약한
그에게 경고를 해 주었다.

그것을 용케도 알아들었는지 폴이 웃으며 손을 흔든다.

데일의 눈에 배가 잔뜩 부른 여인 한 명과 그녀의 남편,
동생들이 모여 태어날 아이의 성별 맞추는 내기를 하는 장
면이 보였다.

"아들!"

짓궂게 웃으며 데일이 소리치자 모두들 맥 빠진 얼굴이
되어 내기를 포기해 버린다.

"다리 뒤에 숨었어!"

데일은 술래잡기 놀이를 하는 아이에게 다른 아이가 숨
은 장소를 알려 주며 킬킬거린다.

데일이 한참을 앉아 있다가 떠난 자리.

그곳에서 금빛 꽃잎이 만개한, 이름 모를 식물이 아이들 무릎 높이까지 자라 반나절 동안 짙은 향기를 뿌렸다. 마치 날갯짓하는 대지의 요정과도 같이……

이러한 놀라운 일들은 아버지 로그의 전사 소식이 전해진 2년 전까지 계속되다가 더 이상 일어나지 않았다.

이제 데일은 그저 똑똑하고 성실하며 문학을 사랑하는 학생으로 살아갈 뿐이었다. 다만 다른 아이들과 많이 달랐었다는 기억만을 간직한 채.

과거 데일의 특별함이 외부로 알려지지 않은 이유로 비스텐지아 마을 특유의 폐쇄성을 들 수 있다.

그리고 또.

자연스러움.

데일이라면 당연히 그럴 것 같은, 그래야 하는, 그럴 수도 있겠다는 묘한 자연스러움이 마을 사람들에게 자리했다.

그리고 현재, 모든 이들은 데일이 가진 특별함에 대해 말하지 않는다.

그것 또한 그들에겐 당연한 것이었기에.

"아우울!"

허름한 수레의 마부석에 앉아 있던 머리 큰 청년은 자신을 부르는 소리를 듣고 멍한 표정을 풀고 함박웃음을 지었다.

마차를 향해 급히 달려오는 작은 소년은 데일.

간소하게 정리한 짐을 등 뒤로 메고 뛰어온 데일은 마차 앞에 이르러서야 헉헉 숨을 몰아쉰다.

"난 안 보이냐?"

"헉헉……. 아! 슈네인 선생님."

눈곱이 낀 나귀 옆에 서 있는 슈네인을 그제야 발견하고 데일이 고개를 숙여 인사했다.

2년 전 마을 농업학교로 부임해 온 슈네인.

그는 또 다른 의미에서 특별한 존재였다. 물론 데일에게만.

자신도 잘 모르는 묘한 능력으로 타인의 마음을 끌어들이고 친밀감을 불러일으키는 데일이었지만 유독 슈네인만은 달랐다.

특정하기 힘든 거리감.

그는 다른 학생들에게 보이는 태도와 똑같이 데일에게도 일정한 거리를 두었다.

마치 보이지 않는 벽이 데일과 슈네인의 관계를 가로막

는 것만 같았다.

또한 지금처럼 데일의 시야가 닿지 않는 어떤 공간에 위치한 듯, 그가 가까이 있다는 사실을 모를 때가 있어 가끔 놀라곤 한다.

"걱정했다. 못 나올까 봐."

별로 걱정한 사람의 표정이 아니다.

"선생님의 강력한 설득 덕분에 어머니도 허락하셨잖아요. 감사드립니다."

"됐다, 가서 공부나 열심히 해. 나 망신시키지 말고."

"옙!"

슈네인은 데일의 머리를 쓰다듬으며 슬쩍 아울을 쳐다보았다.

그의 시선을 받은 아울은 헤벌쭉 웃으며 뒷머리를 긁을 뿐이었다.

"그럼, 아울. 데일을 잘 부탁해."

"히히, 예."

데일이 수레에 오르자 아울이 나귀를 출발시켰다.

덜그럭거리던 수레가 마을 광장을 떠나 점점 멀리 사라져 간다.

그 광경을 끝까지 지켜보던 슈네인.

이윽고 수레가 완전히 보이지 않게 되자 평온해 보이던

그의 얼굴에서 표정이 사라졌다.

"황금빛 비늘의 주인. 네가 얼마나 잘 해낼 수 있는지 지켜보겠다. 그의 오래된 염원을 막을 것인지, 아니면 네가 또 다른 광기의 군주로 우뚝 설 것인지……."

슈네인은 말끝을 흐리며 천천히 돌아선다.

덜그럭, 덜그럭!

불규칙적인 수레의 진동을 음미하던 데일의 얼굴이 쓸쓸해졌다.

집 앞에서 뮤이나의 손을 잡고 자신을 배웅하던 어머니를 떠올렸기 때문이었다.

신나서 폴짝폴짝 뛰던 뮤이나와 달리 살짝 손을 흔들던 어머니.

그때 어머니에게서 보였던 안타까움의 근원은 무엇이었을까.

아버지를 잃고 졸지에 집안의 기둥이 되어 버린 데일.

그런 아들과 짧게는 5년, 길게는 10년 이상을 떨어져 있어야 한다는 사실에 섭섭함이 치밀어 올라서였을까.

하지만 그렇게 보기에는 뭔가 여운이 있었다.

그것은 총명한 데일도 해석하기 어려웠고, 지금까지 마음에 남아 답답함을 전해 주었다.

데일은 눈가에 맺혔던 눈물을 스윽 닦았다.

"휴우⋯⋯."

뺨을 두어 번 치고 복잡한 생각을 거둔 데일은 곧 분주히 움직이는 마을 사람들에게 시선을 주었다.

그리고 한참이 지나서야 좀 시원한 얼굴로 돌아와 먹먹하던 가슴을 조금 풀어 내었다.

"아울."

"으, 으응."

"마을 밖은 어떤 세상이에요?"

아울은 2년 전, 머리를 크게 다친 상태로 마을 어귀에서 발견되었다.

치료를 했지만 뇌에 상당한 손상을 입었는지 다른 모든 기억들은 살아 있었으나 자신이 누군지, 왜 다쳤는지에 대해서는 결코 떠올리지 못했다. 게다가 지능도 어린아이 수준이 되고 말까지 더듬었다.

"커, 아, 아아주 많이."

"에이, 그건 저도 알죠."

"으, 으응."

"⋯⋯어머니는 마을 밖, 먼 곳에는 대지의 요정들이 없다고 하셨죠. 시끄러운 것들을 싫어한다고. 또 인정도, 배려도, 협동과 양보도 없는 그런 세상⋯⋯."

정말 그럴까? 아들을 품에 두고 싶어 했던 어미의 마음
이 아니고?

"저…… 잘하고 있는 거 맞죠?"

이 질문은 아울에게 던진 것이 아니다.

*   *   *

쏴아아아아!

달을 가린 먹구름이 세찬 비를 쏟아 내었다.

대륙 동쪽의 볼라스카 대평원을 타고 온 남동 기류가 콜
로스카로 넘어오면서 대륙성 고기압을 만나 차츰 북서쪽으
로 이동 후 긴 비구름을 형성하기에 이처럼 폭우가 내린다.

이때만큼은 콜로스카의 농부들도 일손을 거두고 비가 지
나가기만을 기다려야만 했다.

드넓은 농토도, 우거진 숲도 하늘이 주는 비를 먹으며 다
음의 풍요를 예비하지만, 몇몇 여행객들에겐 짜증스러운 날
씨임에는 분명하다.

하지만 이런 우기가 시작되는 시점이 예년보다 빨랐다.

거의 한 달 정도?

마치 누군가가 구름을 억지로 끌어당긴 것만 같았다.

"에고, 언제 그치려나."

이름 모를 숲에 자리를 잡은 데일과 아울. 벌써 하루가 넘게 이동을 포기한 상태였다.

혹시 모를 벼락을 피해 비교적 나무가 없는 곳에 큰 천막을 친 사람은 아울이었다. 아마 예전에 야영의 경험이 꽤 있었던 듯.

보글보글 끓는 스프를 호호 불면서 즐거워하는 아울을 보던 데일의 입가에도 미소가 맺혔다.

번쩍!

콰아앙!

"흭!"

아울이 멀리서 친 번개를 보고 두려워하자 데일이 그를 안심시킨다.

"괜찮아요, 괜찮아."

간신히 아울을 진정시킨 데일은 그저 빨리 비가 그치기만을 대지의 요정들에게 기원했다.

"보자…… 하르실라까지 3일 정도면 도착할 거고. 아, 물론 비가 그쳐야겠지."

솔직히 데일도 겁이 났기에 일부러 말을 입 밖으로 내본다.

"거기서 하루 쉬고, 또 3일이면 라로시르. 뭐, 금방이네."

그동안 한 달 가까이 이동해 온 두 사람이었다.

이제 이 여정도 얼마 남지 않았다는 생각을 하니 데일은 묘한 기분이 들었다.

"아울은 하르실라에서 다시 마을로 돌아갈 거고. 그때부턴 정말 나 혼자네."

품에 잘 간직하고 있는 입학 추천서를 다시 한 번 더듬어 본다.

그릉.

유난히 밝은 데일의 귀가 쫑긋거렸다.

빗소리에 섞여 아주 약하게 들린 울림.

그것은 누군가의, 아니, 보다 짐승의 것에 가까운 숨소리.

아울은 소리를 못 들었는지 싱글거리며 그릇을 핥는 중이었다.

"아울……."

아울은 끄억, 트림을 한 뒤 입맛을 다실 뿐.

데일은 정신을 집중해 천막 바깥의 상황을 파악하려 애썼다.

빗소리가 크게 들리는 가운데 아까의 미약한 숨소리가 다시 들렸다. 이번에는 좀 더 가까운 거리에서.

'사람일까? 사람이라면 이런 외진 숲에, 그것도 폭우가

쏟아지는 이때 들어올 일은 거의 없을 텐데.'

큰 덩치를 가진 야수도 아니다.

이 지역 전체를 통틀어 인간을 공격할 만한 짐승은 이미 없다고 알려져 있었기 때문이다.

'그럼? 그냥 배고픈 살쾡이? 그렇다면 다행이고. 육포 몇 조각 던져 주면 끝이니까.'

머리를 굴려 판단해 본 결과 소형 육식 동물임이 타당할 것으로 여겨졌다.

"밖에 뭔가가 있어요. 아마 비 때문에 먹이를 구하지 못한 작은 짐승일 테니 너무 걱정 말아요."

데일은 슬쩍 아울을 돌아보았다. 순간 빠르게 표정이 변하는 아울.

약간은 차갑고 진지한 듯했던 아울의 눈이 다시 풀리는 것을 본 데일이 고개를 갸우뚱한다.

'잘못 보았나.'

데일은 찰나에 느꼈던 아울의 다른 모습을 길게 생각하지 않고 육포를 찾기 위해 짐을 뒤졌다.

"데, 데일."

"예, 잠깐만요. 짐승들이 먹을 만한 것 좀 찾아보고요."

"나, 나나. 크, 큰 거."

한숨이 나왔다.

소변이라면 천막 구석에서 어떻게든 해결하겠지만 이런 때에 대변을 보겠다고 말하는 아울이 살짝 원망스럽기까지 했다.

"으으, 모, 못 참아! 아윽!"

갑자기 아울이 배를 움켜쥐고 비명에 가까운 소리를 지르며 기름먹인 천을 들고 튀어 나갔다.

"엇! 아울, 잠시만!"

"히익!"

밖으로 뛰어간 아울이 놀라는 소리와 함께 뭔가가 후다닥 움직였다.

"끼아아아아!"

아울이 길게 소리를 치며 어디론가 달려가자 소리를 낸 '짐승' 들이 아울을 따라가는 것이 느껴졌다.

"안 돼요!"

데일은 크게 놀라 급히 천막 밖으로 나갔다.

어둠과 세찬 비만이 데일을 반긴다. 어찌나 빠르게 도망쳤는지 아울도, 짐승들도 보이지 않았다.

"아…… 이걸 어째."

허탈하기도 하고 걱정되기도 한 마음에 데일이 신음을 흘렸다.

무척이나 난감한 이 상황에 데일도 한동안 무엇을 해야

하는지에 대해 쉽게 판단을 내리지 못했다. 그저 멍하니 숲의 어두운 곳만을 바라볼 뿐.

"하아."

일단은 아울을 찾아야 했다.

서둘러 우의를 챙기고 횃불용 막대에 기름을 먹이려 천막으로 들어가려는 순간.

쭈삣!

온몸의 모든 털들이 일시에 곤두서는 것만 같은 엄청난 공포가 데일에게 엄습했다.

뭔가가 하나 더 있다.

번쩍!

쿠아아앙!

가까운 곳에서 번개가 쳤다.

잠시 환해진 세상 속에서 굳어 버린 데일이 언뜻 보였다.

일말의 미동도 없이 천막을 향해 서 있는 데일.

창백하게 변해 버린 얼굴은 추운 날씨 탓이 아니었다.

뒷머리를 긁어 오는 극심한 공포.

먹이를 만난 사나운 야수의 그것과 너무나도 닮았다.

천천히, 아주 천천히 데일이 몸을 돌렸다.

그리고 짙은 어둠을 향해 떨리는 눈동자를 고정시켰다.

콰앙!

또다시 번개가 떨어져 주변을 밝혔다.

'사람.'

찰나의 순간 데일은 보았다.

극악한 짐승이라 생각했던 공포의 주인은 인간이었다.

거칠게 엮은 망토를 두르고 거기에 연결된 후드가 머리 전체를 덮어 그 안쪽을 전혀 알 수 없는 모습.

두려움과 추위에 오들거리는 데일과 달리 어둠 속 인간은 약간의 움직임도 없었다.

마치 처음부터 거기 있었던 조각상과도 같이.

다만 그가 내쉬는 숨결이 김이 되어 허공으로 퍼지는 모습을 통해 살아 있는 존재임을 실감할 수 있었다.

'차라리 다행인가. 사람이라면 말이 통할 테니. 노잣돈을 노리고 온 도적? 아울, 아울도 이들을 보고 도망쳤구나. 몇 명이 따라갔을 테고. 제발 무사하길.'

여러 가지 생각을 하며 상대를 관찰하던 데일은 앞에 선인간의 침묵과 기괴한 모습, 그에게서 뿜어지는 무시무시한 어둠에 더욱 두려움을 느꼈다.

"저⋯⋯."

데일은 간신히 용기를 내어 말을 걸어 보았다.

턱.

그가 움직였다. 데일은 저도 모르게 흠칫거리며 한 걸음 물러난다.

"저, 저기요."

우르릉! 쾅!

코앞에서 번개가 터졌다.

그리고 데일은 숨이 막혀 버리는 충격에 말문이 잠겨 버렸다.

번갯불이 보여 준 괴인의 얼굴.

그것은 보통 인간의 것이라고는 도저히 믿을 수 없을 정도로 기괴한 모양이었다.

뾰족한 가시덩굴을 눈과 코 부위에 촘촘하게 감은 뒤 중앙 부위에 은회색 염료로 하나의 눈과 거기에서 핏물이 터지는 형상이 첨가된 그림.

입술이 누군가에게 뜯어먹힌 듯 하나도 남아 있지 않아, 위, 아래 잇몸이 그대로 드러나 있고, 아래, 위로 누렇고 검은 치아가 불규칙하게 배열된 귀신을 연상케 하는 모습.

그것은 마치 전설 속에 표현된 '녹터널 헌터'를 떠올리게 했다.

"그, 그어억!"

말할 수 없이 추악한 괴인을 보며 데일이 공포에 떨었다.

창백함을 넘어 하얗게 탈색되어 버린 얼굴은 데일이 받은 충격이 얼마나 큰지 여실히 나타내 주었다.

스윽.

괴인이 손을 들어 데일을 가리켰다.

가늘기만 한 손가락에는 손톱이 하나도 남아 있지 않다.

"버르시……. 비타 누 트라고"

그가 데일을 향해 쉰 목소리로 말했다.

그리고 순간 데일의 눈동자에서 황금빛 광채가 흘렀다.

──……순수한…… 용의 아이여…….

데일의 귀에 괴인의 음성이 로슈르어로 들리는 기이한 현상이 일어났다.

──신성한 제르 호바를 수호하는 제렌 디스의 명에 따라 그대를 데리러 왔노라.

데일의 눈에 비친 그는 조금 전의 추한 모습이 아니었다.

검붉은 판금 갑옷에 유선형 투구를 쓴 다부진 기사.

고대 트라린 대륙을 지배하던 시론의 오왕국 중, 남부 엘 카로의 근위 기사를 그린 그림과 정말로 똑같았다.

──가자. 그분과 함께 우리 모두의 아버지를 만나러.

데일의 손이 저절로 들려 엘 카로 근위 기사의 손을 잡으려 한다.

기사가 보내는 따뜻한 미소에 데일 또한 환한 웃음으로 화답하며 그에게 한 걸음씩 다가갔다.

두 손이 닿으려는 순간. 어디선가 바람을 가르는 소리가 들렸다.

쿠앙!

비에 젖은 땅이 갈라지며 사방으로 파편을 날렸다.

"커억!"

데일은 광휘에 휩싸였던 환상 속 공간에서 돌아와, 차가운 현실 세계의 빗물이 얼굴을 때리는 아픔에 비명을 질렀다.

한참이나 뒤로 밀려 바닥에 주저앉은 데일.

자신에게 일어난 일들에 대해 분석할 겨를마저 없이 간신히 정신을 수습했다.

손으로 얼굴에 흐르는 빗물을 닦고 바라본 정면의 상황.

데일은 또다시 의외의 장면에 경악했다.

진흙을 굳게 밟고 선 두 다리.

그것을 따라 올려다본 인간의 덩치는 너무나도 컸다.

거의 데일의 두 배에 가까운 신장.

투박한 우의가 그 넓은 등에 걸쳐져 빗물을 흘린다.

데일의 허리둘레보다 두꺼운 팔뚝에서 꿈틀거리는 근육.

그리고 그 묵직한 손에는 거의 2m에 이르는 거대한 클레이모어가 들린 채 반대쪽 어깨까지 비스듬하게 기대어 있었다.

쏴아아아아아아!

비가 더욱 거세어졌다.

작은 소년과 추악한 괴인, 그리고 북부의 전사와 흡사한 거인.

세 사람 주변에 감도는 묘한 어둠과 멀리서 치는 번개의 빛이 이들 사이에서 대비된다.

그리고 침묵을 깨는 괴인의 음성.

"브라니! 프리에타 누 칼카."

데일의 머릿속에서 또다시 괴인의 말이 해석되어 떠올랐다.

"용감한…… 방패의 주인."

입 밖으로 그 뜻을 중얼거리며 데일은 정신을 잃었다.

* * *

"끙."

정신이 들었을 때, 가장 먼저 본 사람은 아울이었다.

울상을 짓고 안절부절못하던 아울은 데일의 신음을 듣자

마자 호들갑을 떨며 환호를 질렀다.

"아……."

여기는 어딜까.

잘 떠지지 않는 눈을 돌려 바라본 전경은 여전히 천막 안이었다.

비가 그쳤는지 바깥에서 영롱한 새소리가 들리고, 입구의 작은 틈으로 환한 빛줄기가 새어 들어온다.

"악몽이었나."

꿈이라면 너무나 선명한 기억을 남겼다.

빗속의 괴인.

순수한 용의 아이.

제르 호바와 제렌 디스.

그리고…… 용감하고 묵직한 방패의 주인.

'옛 전설에 너무 심취해 있었나 보다.'

"아울, 저 좀 일으켜 주세요. 힘이 하나도 없네요."

"으응."

아울이 데일을 부축해 일으켰다. 한데 그의 동작이 조금 이상했다.

평소와는 다르게 어딘지 어색한 움직임이었다. 특히 팔.

"어디 아파요?"

"아, 아니……."

말을 흐리며 데일을 앉히는 아울의 미간이 살짝 일그러졌다.

"봐요. 팔을 다친 것 같은데."

순간 데일의 머릿속에 뭔가 찡하는 것이 스쳐 갔다.

'꿈'에서 아울은 비명을 지르며 무언가에 쫓겨 도망쳤었다. 그것도 하나가 아닌 여럿에게.

"잠깐만요. 팔 좀 걷어 봐요."

아울의 대답을 기다리지도 않고 데일이 그의 소매를 걷어 올렸다.

"……."

피가 밴 천이 팔뚝에서 팔꿈치까지 둘둘 말린 것을 멍하니 바라보는 데일.

"꿈이 아니었나."

"이, 이거 아, 아침에 넘어…… 져서."

"거짓말."

분명히 꿈이 아니었다.

뇌 속에 각인된 기억은 실제로 있었던 일이다.

"말해요. 무슨 일이 있었는지."

데일의 재촉에 아울이 더듬거리며 상황을 설명했다.

배가 아파 급히 나가는 순간 검은 물체가 눈앞을 지나갔다.

아울은 그것이 몇 명의 좀도둑인 것을 알고 두려움에 무조건 달렸다.

한참을 달려가다 보니 뒤에 따라오는 도둑은 두 명이었고, 더욱 힘내서 뛰다 나무에 걸려 넘어졌다.

누런 이를 드러내며 칼을 들고 다가오는 도둑을 공포 어린 눈으로 보던 그의 앞에 누군가 나타났다.

그 또한 처음 보는 사람이었으며 아울은 그가 도둑들과 한 패라 여기고 좌절했었다.

그러나 그는 도둑들을 순식간에 제압해 버리고 아울을 구한 뒤 이곳까지 업고 왔다.

돌아와 본 광경은 데일이 쓰러진 채 비를 맞고 있는 것이 전부.

아울을 구한 자는 방금 있었던 일을 데일을 포함한 누구에게도 말하지 말라며 그냥 떠나갔다.

"그게 다예요?"

아울의 말을 들은 데일이 허탈한 마음을 내비쳤다.

"휴우…… 확실히 도둑들이 오긴 왔었나 보네."

그럼 자신이 본 것은 무엇이란 말인가.

아울을 쫓아간 자들을 제외하고 하나가 더 있었음은 분명했다.

그리고 그자가 자신을 해치려 했고.

결국 아울을 구한 이, 아니면 그의 동료가 도둑을 잡고 자신의 생명도 지켜 준 것이 틀림없다.

현실과 악몽이 뒤섞인 기억. 그것으로 상황에 대한 추측이 가능했다.

정말로 기막힌 우연이었다.

폭우가 내리는 외딴 숲 가운데 야영을 한 자신들과 불운한 여행객들을 노리던 도둑들.

또한 최악의 순간에 등장해 해를 막아 준 은인들.

평생을 살면서 이런 상황을 겪는 사람들이 과연 몇이나 될까.

"하지만 왜 그냥 가 버렸을까요. 감사의 인사라도 받지……."

말로만 듣던 바운티 헌터들일까. 현상 수배범들을 잡아 포상금을 먹고 산다는 사람들.

그들이 추적하던 범죄자들이 데일 일행을 노렸고, 헌터들은 뜻하지 않게 도움을 주게 된 것일지도.

"아무튼 이곳에도 대지의 요정들이 있나 봐요. 우리를 위험으로부터 지켜 준 분들을 보내 주셨으니."

데일이 밝게 웃으며 말했다. 아울도 환하게 웃으며 고개를 끄덕거렸다.

비가 그친 지금, 조금이라도 빨리 출발하는 것이 좋았다.

둘은 서둘러 아침을 먹고 다시 길을 나섰다.

데일과 아울이 떠나고 난 뒤.

적막한 숲 속에 사람들의 움직임이 있었다.

은밀하게 주변을 정리하며 뭔가를 찾는 다섯 사내들.

그들은 데일 일행의 흔적을 완전히 지우는 중이었다.

그들 중 한 명이 땅이 움푹 들어간 곳을 유심히 살핀다.

"치명상이군."

마치 용암이 돌을 녹인 것처럼 걸쭉하게 변한 자리는 결코 빗물 때문이 아니었다.

그에게 두 명이 다가와 함께 대화를 나누기 시작했다.

"대단해. 우리가 뒤를 따를 필요조차 없겠어."

"이것으로 확실하게 결론이 난 듯하다. 비숍 쪽은 두 명만 남기고 모두 이쪽으로 빼. 정작 신경 써야 할 인물은 따로 있으니까."

"그렇다고 해도 또다시 놈들이 양동작전을 시행한다면 이 같은 일이 반복되지 않으리라는 보장은 없어."

"실수는 한 번으로 족하다. 귀중한 동료 스물을 잃은 교훈이라면 교훈이겠지."

잠시 이들 사이에 씁쓸함이 감돌았다.

"한데 놈들의 정체가 뭐였을까? 고도의 훈련을 받은 우리를 단 셋으로 유린하다니. 게다가 비숍을 습격한 놈들은 더 강했다고 하더군."

"비숍 쪽도 대단했지만 여기가 메인이었어. 방패의 주인보다 운명의 중심을 더 중하게 여겼다는 증거겠지."

처음 땅을 살피던 사내가 손가락을 들어 여기저기를 가리켰다.

보통 사람들의 눈에는 그저 풀과 나무들만 존재하는 것으로 보일 테지만, 그들의 눈에는 격렬했던 싸움의 흔적들이 고스란히 보였다.

미세하게 튄 무언가가 나뭇잎과 풀잎들의 일부를 녹여버린 기이한 흔적들.

"방패의 주인은 마스터 디록의 제자야. 다시 말해 차세대 대륙 최강의 검사라는 뜻. 그런 그가 놈을 한 번에 베지 못했어. 치명상을 입혔지만, 확실하게 제거한 것도 아니고. 이곳에 나타난 자가 놈들을 이끌던 수장이 확실해."

"주인께 말씀드려서 증원을……."

그때 천막이 있던 장소를 치우던 자가 소리쳤다.

"이봐! 여기 폰이 비문을 남겼어!"

모여 있던 세 사내가 후다닥 그쪽으로 달려갔다.

그곳에는 깨알같이 새겨진 암호가 있는 작은 돌이 있었다.

한 명이 긴장한 듯 그것을 들어 천천히 해독을 시작했다.

"맙소사……."

해독을 마친 그의 얼굴에 공포와 절망이 떠올랐다.

"왜! 폰이 뭐라 남겼기에."

"제렌 디스…… 롱 버트."

"뭐?"

나머지 넷의 얼굴이 순식간에 창백해졌다.

"그렇다면 이번 습격은."

"녹터널 헌터들이다."

"이럴 수가."

누군가가 드드득 이를 갈았다.

"우리의 이목을 속이고 남부를 벗어나 이곳까지 왔을 줄이야."

"롱 버트의 검은 은총이라면 가능했을 거야. 녹터널 헌터들은 그의 손발이나 마찬가지. 롱 버트가 완전히 깨어나 힘을 갖추었다면 놈들의 능력도 상승했을 터."

"서둘러 주인께 보고하자."

잠시 후 숲에서 다섯 마리의 독수리가 날아올라 각자 어디론가 날아갔다.

"자린을 위하여."

점이 되어 사라지는 독수리를 보며 처음 비문을 발견한 자가 중얼거렸다.

데일과 아울은 간만에 떠오른 태양의 따스함을 즐기며 하르실라로 향했다.

숲을 떠난 지 약 반나절 정도가 흘렀다.

아직 마르지 않은 평원은 며칠간 내린 빗물을 고스란히 머금고 이들의 길에 신선함을 드리운다.

간밤의 소동이 주었던 여운이 채 가시지 않았지만, 긴 여행길에서 뜻하지 않게 겪을 수도 있는 일이었기에 데일은 차츰 그것을 마음에서 지우고자 노력했다.

하지만 자신과 도둑 사이를 막아섰던 거인의 모습은 뇌리에서 떠날 줄 몰랐다.

어마어마한 인상을 남겼던 전사의 넓은 등.

2m 크기의 클레이모어 검면에 북부어로 새겨진 단어 '세이비어'를 타고 흐르던 빗물.

자신에게는 괴물, 또는 엘 카로 근위 기사로 비쳤던 도둑의 입에서 흘러나온 말, 방패의 주인.

하지만 무엇보다 데일을 두근거리게 만들었던 것은 거인에게서 느껴졌던 지극한 친밀감이었다.

마치 어린 시절 이별했던 친구를 만난 듯했던 감정.

단순히 구원받았다는 안도감과는 전혀 다른 반가움과 애틋함.

그런 것들을 떠올리자 데일은 저도 모르게 한숨을 쉬었다.

"데, 데일. 저어 쪽에……."

아울이 더듬거리며 명상에 잠겼던 데일에게 말을 걸었다.

"예?"

아울이 겁을 집어먹고 어딘가를 가리켰다.

그 방향을 따라 시선을 준 데일은 마찬가지로 뭔가를 보고 크게 놀랐다.

멀리 평원 끝에서부터 수백에 이르는 사람들이 보였다. 정확히 말하자면 제국의 병사들이었다.

"무, 무서워."

"아울, 괜찮아요. 저들은 우리를 지켜 주는 고마운 분들이에요."

'근처에 군대가 주둔하고 있었나? 남쪽을 제외하고는 이동이 드물다고 들었는데.'

점과 선으로 보였던 제국군들은 어느새 긴 창을 들고 대열을 갖춘 보병들과 철갑을 두른 말 위의 기사들, 가벼운 체인 메일을 걸치고 활을 둘러멘 경기병단의 모습을 드러내며 가까워졌다.

"정지!"

지휘관의 외침에 삼백의 군대가 일시에 멈췄다.

꿀꺽.

아울이 마른 침을 삼키며 데일의 눈치를 보았다.

"그대들은 어디서 오는 이들인가."

얼굴을 덮었던 샐릿을 벗은 중년의 지휘관이 물어왔다.

"콜로스카 주 비스텐지아에서 라로시르로 가는 중입니다."

"콜로스카라…… 꽤 먼 여행길이로군."

지휘관은 아직은 차가운 대기 탓에 얼굴에서 더운 김을 올리며 빙그레 웃었다.

"저희에게 무슨 일이라도……."

"혹, 오는 길에 수상한 이들을 못 보았는가?"

수상한 이들? 전날 자신들을 털어먹으려 했던 도둑들을 말하는 것일까.

"아뇨. 숲에서 비를 피하느라 며칠간 나오지 못했습니다."

지휘관이 데일을 유심히 살폈다. 뭔가 수상한 점이라도 있는지 알아보기 위해.

"수도에는 무슨 볼일로?"

데일이 품에서 추천서를 꺼내어 그에게 주었다.

"호, 국립대학교 입학 추천서라. 부총장의 직인이 있군."

위조 가능성을 살피기라도 하듯 이리저리 만져 본 뒤에야 의심을 푼다.

"다음 세대에 제국을 이끌 인재로구먼."

눈을 찡긋하며 미소 짓는 그를 향해 데일도 어색한 웃음을 지었다.

"지금 이 지역에 불손한 자들이 있다는 제보가 들어왔네. 우리 군으로서는 신민의 안전을 우선하지 않을 수 없지. 잠시 실례한 점 사과하네."

추천서를 다시 데일에게 건네고 지휘관은 샐릿을 눌러쓴다.

"참고로 라로시르에 가기 전 하르실라를 거칠 예정이라면 길을 잘못 들었어."

"예? 그럴 리가요."

데일이 아울을 돌아보며 눈을 동그랗게 떴다.

"이쪽 길로 쭉 간다면 남부야. 하르실라는 조금 더 북쪽 방향이지. 아마 자네의 하인이 착각한 듯하군."

아울을 데일의 하인 정도로 오해한 지휘관이 뒤쪽을 향해 손짓을 한다.

그의 행동에 젊은 보병 하나가 앞으로 나와 섰다.

"앞으로 크게 될 인물이니 안내자를 붙여 주겠네. 이 병사는 하르실라 출신이니 자네의 길에 불편이 없을 걸세."

"지나친 배려십니다. 말씀은 감사하지만……."

"아니야. 뭐, 나중에 한 자리하면 잘 봐달라는 뜻이니 부담 가지지 말게."

휘이익—

그가 말을 마치자마자 부관이 신호를 했다.

다시 철컥거리며 이동을 시작하는 병사들.

엉겁결에 큰 도움을 받게 된 데일은 멀어져 가는 그들을 바라보다 살짝 고개를 숙여 감사를 표했다.

그때 데일은 관자놀이를 찌르는 것만 같은 아픔에 눈을 찡그리며 머리를 들었다.

"어?"

데일은 자신의 눈에 비친 광경에 저도 모르게 신음을 내었다.

자신들이 떠나온 숲 방향으로 진군하는 그들의 위로 검은 구름이 몰려들었다.

"아, 아울. 저거 보여요?"

데일의 말에 아울도, 안내 병사도 눈을 돌려 군인들 쪽으로 시선을 주었다.

"무…… 뭐가?"

"병사님, 당신은요?"

"무슨 말인지 모르겠습니다."

갓 스물이 넘어 보이는 병사도 데일의 말을 이해하지 못했다.

'저 구름…… 나에게만 보이는 건가?'

데일은 불길한 느낌을 강하게 받았다.

'아닐 거야. 피곤해서 헛것을 보았겠지.'

아니나 다를까. 삼백의 병사들을 휘돌던 검은 구름은 어느새 흩어지고 맑고 푸른 하늘만이 세상에 가득하다.

"휴우……."

병사의 이름은 커트. 입대한 지 아직 일 년이 채 되지 않은 신출내기 병사였다.

군을 전역하면 주어지는 각종 혜택을 보고 선택한 군인의 길이기 때문에 제국군으로서 가지는 자부심이나 국가에 대한 충성심은 별로 없는 가벼운 친구다.

환락과 유흥의 도시 하르실라 출신답게 상당히 재미있고, 장난기 많은 그는 어느새 데일과 꽤 친해졌다.

"아, 그럼 형이 복무하는 부대는 완벽하게 독립된 편제라는 말씀?"

"어. 지역 군단장의 지휘를 받지 않는 특수부대라고나 할까?"

허풍인지 진짜인지 알 길은 없지만 데일은 일단 그의 말에 박자를 맞춰 주었다.

"어디까지가 우리 윗선인지는 몰라. 하지만 너에게 말을 걸었던 모로 경께서 예전에 황태자 전하를 호위하던 근위기사단 출신인 건 확실해. 따지고 보면 우린 근위대대나 마찬가지라고, 크크크."

"후아, 그런 대단한 분께서……."

"그러니까 특수부대지. 흐흐."

덜거덕거리는 수레 위에서 입담을 과시하는 커트와 연신 감탄하는 데일.

아울은 그저 무엇이 좋은지 실실 웃으며 나귀를 이끌 뿐이다.

"갑자기 소집령이 떨어졌어. 지역민들의 안전을 위한 수색 정찰이라나? 여기가 얼음의 대지도 아니고 안전은 무슨 안전. 다들 모로 경의 변덕이라고만 생각하지. 원래 남들 편한 꼴은 못 보는 분이거든."

귀찮다는 표정으로 커트가 계속 말을 이었다.

"한데 난 봤어. 독수리 한 마리가 내려와 모로 경께서 머무는 대대장 관사로 들어가는걸."

"독수…… 리요? 아!"

군대나 치안대 쪽에서 독수리나 비둘기를 이용해 급한 소식을 전달한다는 말은 들어 보았다.

"웃기는 일이지만, 우린 날짐승의 명령을 받아 움직인 거야. 에효……."

'독수리. 독수리라…… 비둘기도 아니고 독수리를 연락책으로 사용할 정도라면 꽤 고위급에서 내려온 전언이 분명할 텐데. 독립적인 특수부대라 하지만 수도에서도 한참 떨어진 외곽에 머무는 작은 부대. 그러나 지휘관은 황태자 전하를 지근거리에서 보필했던 최상위 귀족. 그런 대단한 기사를 움직이게 만든 전언이라. 혹시 어제의 그 일? 설마…… 겨우 우리와 도둑 몇 명, 바운티 헌터들이 관련된 사건일 뿐인데. 게다가 어찌 보면 소동에 불과한 것이고 목격자가 있었다면 나와 아울을 그냥 두고 보지는 않았겠지.'

"야, 뭘 그리 정신을 놓고 있어?"

커트의 말에 데일은 생각을 멈추고 싱긋 웃었다.

"아뇨. 잠시 커트 형이 참 대단한 분과 함께하는 멋진 병사라는 생각을 했어요."

"그렇지? 억!"

수레가 돌에 걸려 크게 요동치자 커트가 오만상을 찌푸리며 아울을 쏘아본다.

* * *

쏴아아아!

라로시르에 인접한 위성도시 하르실라.

몇날며칠 내리지 않던 비가 오늘따라 더욱 세차게 내렸다.

하르실라는 라로시르로 가는 여행객들과 이주자들이 잠시 머물다 떠나는 곳이었기에 도시 전체에 숙박업소가 골고루 퍼져 있었고, 각종 편의시설 및 유흥업소가 난립한 환락과 휴양의 도시였다.

책상다리 여관도 여느 다른 곳들과 다르지 않게 숙박 겸 주점의 역할을 하는 그런 곳이다.

그리고 지금 이곳을 방문한 작은 손님이 있었다.

끼이익.

여관의 정문이 열리자 세찬 바람과 함께 빗물이 들어왔다.

이런 날은 보통 홀 전체에 손님이 바글바글한 것이 정상이지만, 현재는 텅텅 빈 채 주인만이 카운터에 앉아 꾸벅꾸벅 졸음에 빠져 있다.

여관에 들어온 이들은 작고 마른 소년 한 명과 큰 머리에 수수해 보이는 청년 한 명, 그리고 얼굴에 윤기가 흐르는 젊은 병사였다.

청년이 손을 뻗어 소년이 입고 있던 비옷을 받아 든다.

"고마워요, 아울."

"히히."

아울이라 불린 청년은 사람 좋은 웃음을 보이며 소년이 표하는 감사에 부끄러워했다.

물기를 탈탈 털며 홀을 둘러보는 두 사람의 인기척에 주인이 깨어나 눈을 비비며 반가워했다.

"아, 손님이시군요. 세 분?"

"예, 방 있죠?"

"물론입니다. 여러분을 위한 따뜻한 침대와 뜨거운 차가 준비되어 있습니다. 바로 들어가실 거?"

소년, 데일은 고개를 저으며 간단한 요깃거리를 주문했다.

주인이 서둘러 음식을 준비하러 사라지자 세 사람은 가까운 식탁에 자리를 잡았다.

모로 경의 배려로 커트가 자신들의 길 안내자가 된 다음 날 아침, 데일은 구슬프게 울면서 잠에서 깨었다.

먼저 일어나 아침밥을 준비하던 아울이 놀라 달려왔고, 아직 잠에서 덜 깬 커트는 인상을 쓰며 짜증을 내었다.

"아, 다 큰 녀석이 무슨 꿈을 꾸었기에 애처럼 울고 그러냐."

그러나 데일은 아무런 대답을 해 줄 수가 없었다.

꿈이 기억나지 않았기 때문이었다.

단지 가슴을 저려 오는 듯한 아픔과 미지의 슬픔, 이유 없는 분노에 서러움이 섞여 눈물이 되었을 뿐이었다.

그러나 한 가지는 말해 줄 수 있었다.

"커, 커트 형…… 죄송해요. 정말 죄송해요."

"응? 뭐가. 아, 네가 그러니까 나만 나쁜 놈이 된 것 같잖아. 누가 보면 나 못 자게 해서 너 구박한 줄 알겠다."

슬쩍 아울의 눈치를 보며 커트가 오히려 당황해했다.

"뭐 그럴 수도 있지. 아무리 16살 먹은 남자라지만 생전 처음 따뜻한 어머니의 품을 떠나 낯선 곳으로 가고 있으니 속이 얼마나 썩었을까. 야야, 실컷 울어. 남자는 세 번을 운다더라. 첫 번째가 태어났을 때, 두 번째가 여자한테 맞았을 때, 세 번째가…… 그래, 집 떠나왔을 때. 그러니까 넌 울어도 돼."

호들갑을 떨며 데일의 등을 쓰다듬던 커트였다.

음식이 나오자 셋은 대지의 요정에게 기도한 후 식사를 시작했다.

데일은 허겁지겁 음식을 퍼먹는 아울을 바라보며 빙그레 웃었다.

"천천히 드세요."

"우걱우걱. 으, 으응."

차분히 고기를 썰어 씹던 데일은 밖에서 들리는 빗소리에 귀를 기울였다.

아마도 저 비는 내일, 모레까지 계속될 터.

수도에 있다는 국립대학교 부속 합숙소로 출발하는 것은 그때 이후가 될 것이다.

'뭐, 그래도 예정보다는 일찍 도착할 테니 여유를 가져 볼까나.'

데일은 문득, 자신 외에도 특채입학 예정인 다른 이들의 면면이 궁금해졌다.

합숙소에서 두 달 동안 공통 과목인 교양과 승마, 검술, 역사, 지리, 수학 등을 익힌 뒤 각자의 적성에 따라 전공학부로 갈라진다지?

물론, 국립대학에 어울리지 않는다고 판단된다면 낙오자가 되어 고향으로 돌아가게 된다.

'휴우. 잘 해낼 수 있을까.'

데일은 자신이 힘없이 고향으로 돌아오는 모습을 어머니가 본다면 기뻐하실까, 실망하실까에 대해 생각했다.

"……고민이 많으면 머리가 아프다……."

저도 모르게 입 밖으로 속마음을 내뱉자 아울이 밥을 먹다 말고 데일을 쳐다보며 눈을 동그랗게 떴다.

"아, 아니에요. 그냥······."

커트도 실없는 데일의 말을 듣고 픽 웃더니 고기를 입에 넣고 우물거렸다.

"형, 내일 부대로 복귀하실 건가요."

"흠, 하루 정도는 집에서 쉬고 갈라고. 이런 기회가 또 언제 있겠냐. 다음 휴가가 언제인지 보이지도 않아."

"저······."

"응? 왜."

"왠지 이상한 느낌이 들어서요. 형이 이대로 돌아가면 안 될 것만 같은."

"이여— 네가 정말 날 좋아하긴 하는구나. 그렇게 헤어지는 게 싫어?"

"그런 것도 있지만······."

"흐흐흐, 내가 비록 충심을 다해 군인의 길을 걷는 것은 아니지만, 그래도 제국의 군인이 아니냐. 너도 너의 미래를 위해 지금 멀리 떠나왔잖아. 나도 나의 미래를 위해 계속 정진해야지. 들어서 알겠지만 모로 경은 많이 엄격한 분이시거든. 약간의 책이라도 잡혀서 재수 없게 강제 전역이라도 하면 안 돼지."

커트가 모로의 이름을 말하자 데일은 저도 모르게 흠칫

하며 나이프를 식탁에 떨어뜨렸다.

덜컹!

갑자기 여관의 정문이 큰소리를 내며 열렸다.

쉬이이이이잉—

셋은 동시에 문을 향해 고개를 돌렸다.

그리고 하나같이 문 앞에 선 인물을 보며 놀란 입을 다물지 못했다.

특히 데일.

데일의 눈에 클레이모어를 등 뒤에 걸친 큰 덩치의 사내가 들어왔다.

그의 뒤에서 불어오는 강한 비바람이 실내에 들이닥친다.

*   *   *

'크다.'

데일이 문을 통해 들어온 인물을 보고 제일 처음 든 생각이었다.

거의 자신보다 두 배나 더 큰 신장, 어마어마한 덩치.

그가 걸친 어깨가 훤히 드러나는 가죽조끼는 비에 흠뻑 젖어 검붉게 얼룩져 있었다.

데일의 머리둘레에 육박하는 팔 근육의 굴곡을 따라 흐르는 빗물이 너무나도 인상적인 사내. 그리고 그의 뒤를 따라 들어오는 후드의 남자는 오른쪽에 당연히 있어야 할 신체의 일부가 보이지 않는다.

'어디서 봤더라…… 낯설지 않네.'

"으…… 으어."

아울이 거인을 보고 질렸는지 씹던 음식 몇 조각을 흘리며 얼어붙었다.

"주인 없소?"

외팔이 후드의 사내가 큰소리로 여관의 주인을 불렀다.

"예, 예! 갑니다."

연속으로 손님을 받아 신났던 주인은 웃으며 나오다 거인, 키릭을 보고 멈칫하며 놀란 얼굴을 숨기지 못했다.

"방 두 개로 하겠소. 우선 돼지구이 5인분 주시오."

"예…… 옛!"

천적을 만난 초식동물처럼 부자연스럽게 움직이던 주인이 땀을 훔치며 주방으로 뛰어 들어갔다.

"주인장! 고기는 썰지 말고 덩어리째 구워 주시오!"

"예, 예."

쿵.

키릭이 자리를 잡고 먼저 앉자 산이 무너지는 듯한 소리가 났다.

그가 앉은 의자가 부러질 것처럼 위태하게 삐거덕거렸지만, 키릭은 무표정하게 홀 내부를 둘러보기만 했다.

"일부러 키릭, 널 위해 조용한 여관을 골랐다. 맘에 들어?"

후드의 사내, 비숍의 배려에 키릭도 만족한 듯 고개를 끄덕인다.

'이름이 키릭이구나. 아니면 성이거나. 성이라면 북부인?'

키릭과 비숍에게 관심을 가졌던 데일의 생각이다.

그때 비숍이 인상을 찡그렸다. 아무것도 없는 오른쪽 어깨 부위를 훑기며.

"곪았나."

"끙……. 그나마 너의 사부께서 깔끔하게 잘라 주셔서 이 정도야."

디록이 잘라 버린 오른팔의 단면이 무척이나 아팠지만, 비숍은 최대한 인내하며 말했다.

긴 여행과 궂은 날씨 탓도 있었지만, 키릭과 다른 장소에서 습격한 자들을 상대하느라 무리한 이유가 더 컸다.

"다시 말하지만 나였다면 그렇게 안 했어. 터트려 버렸을 테니까."

비숍은 그동안 키릭과 함께 동행해 오면서 보아 온 그의 솜씨를 떠올리며 무의식적으로 동의한다.

비숍과 대화를 마치고 다시 주변을 돌아보던 키릭은 이내 데일과 다시 눈이 마주쳤다.

극히 짧은 순간, 데일이 키릭에게 싱그러운 웃음을 보냈다.

키릭은 원래 타인과의 접촉을 상당히 싫어하는 편이었다.

또한 웬만해서는 눈인사나 고개를 끄덕이는 것과 같은 호의적인 행동 따위는 하지 않는 편.

그러나 이상하게 데일이 보내 온 미소에 저도 모르게 살짝 턱이 움직였다.

"데, 데일. 나나……. 바, 밥 다 머, 먹었어."

아울이 배를 쓰다듬으며 더듬거렸다.

"아, 예. 그럼 올라가요."

새벽이 되자 비가 더욱 굵어졌다. 더불어 바람도 거세어졌고.

만약 이 여관에 여행객들이 많았다고 하더라도 지금 시간에는 모두 잠들었을 것이다.

하지만 홀 가운데 큰 초를 밝히고 앉아 있는 거인이 있었다.

비숍을 먼저 올려 보내고 벌써 몇 시간 째, 자리를 지켰던 키릭이다.

뚜벅뚜벅.

키릭은 위층에서 홀로 내려오는 작은 발소리에 눈을 떴다.

굳이 보지 않아도 알 수 있었다. 이 여관에 투숙한 손님들은 자신과 비숍, 아까 보았던 꼬마와 머리 큰 남자가 다였으니까.

역시나 발소리의 주인은 데일이었다.

"어?"

데일이 키릭을 보고 놀랐다는 반응을 보였다.

그런 데일을 흘끗 바라보는 것으로 키릭은 반응에 답했고.

데일은 조용히 주인 없는 카운터로 들어가 나무로 만든 잔에 물을 담아 홀짝홀짝 마셨다.

꿀꺽.

키릭이 침 삼키는 소리를 내자 데일은 말없이 물을 한 잔 더 부었다.

그러고는 키릭에게 다가간다.

"이건 뭐지."

"목이 마른 것 같아서요."

"쓸데없는 친절."

말은 이렇게 했지만 키릭은 데일이 내미는 잔을 툭 받아 들어 벌컥 물을 들이켰다.

"절 소개해 드릴까요?"

"아까 들었다. 데일."

"데일 잉그하임. 로그 잉그하임의 아들이자 콜로스카 주 비스텐지아 마을의 자손이죠. 참고로 아버진 제국의 장교로서 얼음 대지의 마귀들을 물리치고 전사하셨답니다."

데일은 로슈르 제국 방식으로 자신을 소개한 뒤 키릭을 빤히 바라보았다.

그 시선이 부담스러웠는지 키릭도 이내 입을 열었다.

"난, 키릭."

"이름이요?"

"그냥 키릭이야. 다르게 불리어 본 적은 없다."

더 거창한 무언가를 기대하던 데일은 약간은 허무한 생각에 입을 오물거렸다.

"일라시니아 산맥 북쪽에서 오셨죠?"

끄덕.

"가문의 성을 격음으로 끝내는 것은 북부인들의 전통이라지요."

디록, 키릭.

심지어 북부 신앙의 대표격인 초자연적 존재, 윙락도 거센 발음으로 끝난다.

"전 16살이에요. 그쪽은요?"

"너랑 같아."

"에?"

"같다고. 16살."

"허거……."

데일은 잠시 멍하니 키릭을 바라보았다.

"원한다면 말 놓아도 된다."

저 덩치에 저 얼굴이 자신과 같은 16살의 것이라고는 도저히 믿을 수 없는 데일은 여전히 멍한 상태였다.

"술 마실 줄 아나."

"아, 아뇨. 아니, 아니."

간신히 정신을 차린 데일은 저도 모르게 키릭에게 말을 놓았다.

"그럼 내가 알려 주지."

키릭이 천천히 일어나 선반에 세워져 있는 술병들 중에서 가장 독한 것을 골라 왔다.

꿀꺽.

데일이 찰랑거리는 술을 보며 침을 삼켰다.

"어머니가 술은 늪의 요정들이 만든 사악한 음료라고 하셨는데…….”

“난 요정 따윈 믿지 않아.”

아니, 믿지 않을 수 없다. 이미 보았으니까.

뻥!

마개를 뜯어 내자 향긋하지만, 뭔가 코를 간질이는 냄새
가 데일을 자극했다.

또르르르르.

데일의 잔에 술을 채우는 키릭.

잠시 후 그가 입을 열었다.

“보아하니 아까 그 머리 큰 말더듬이와 일행인 듯하구나.”

“으응, 좋은 형이야.”

“콜로스카의 비스텐지아가 어딘지는 모르지만 이곳과는
상당히 먼 거리일 텐데 둘이 여행이라도 하나?”

술잔을 바라보며 긴장하던 데일은 키릭을 쳐다보지도 않
고 말했다.

“아니. 여행은 아니고 아울은 날 이곳까지 돌봐 주기 위
해 따라온 거야.”

“무슨 볼일로.”

키릭은 자신이 원래 이렇게 말이 많은 사람이었는지 스
스로도 신기해하며 계속 데일에게 말을 걸었다.

“나 추천을 받았거든. 로슈르 국립대학교에.”

데일의 음성에는 자부심이 가득했다.

"그것도 나와 같군."

"응?"

"나도 국립대학교에 입학하러 왔다."

"으에?"

"자세한 건 몰라. 기사단 양성학부라고 하더군. 한데 특채가 뭐야?"

우연치고는 기막힌 우연.

데일은 저도 모르게 들었던 술잔을 한 입에 털어 넣는다.

"흐억!"

처음 맛보는 술은 뜨겁고도 신선한 충격을 데일에게 안겨 주었다.

"켁! 컥, 커억."

데일과 다르게 키릭은 익숙한 자세로 독한 곡주를 천천히 들이킨다.

"후아! 맛이 뭐 이래!"

데일의 뺨이 순식간에 벌겋게 달아올랐다.

키릭이 말없이 데일의 잔을 채워 주자 그것을 만지작거리며 데일이 눈치를 보았다.

"우, 우리 만난 적 있지?"

드디어 본론을 꺼내는 데일이다.

"그럴 거다."

"고마워."

"……"

"난 네가 현상금 사냥꾼인 줄 알았어. 나와 아울을 위협한 도둑들을 잡으러 온."

"도둑?"

키릭은 데일이 그 자신에게 일어났던 일들에 대해 전혀 모르고 있음을 알았다.

"응, 굉장히 무섭게 생겼다는 것만 기억나는데 그 뒤로는 전혀 몰라."

"다행이로군."

"엥? 뭐가."

"아니다."

키릭은 데일의 얼굴이 더욱 빨갛게 변하는 과정을 흥미롭게 지켜보았다.

"기분 좋다……"

"술이란 것, 원래 그래. 하나 심하면 독이 되지."

"그거 말고…… 난 사실 겁이 났었거든. 국립대학교에 입학하는 거. 아무도 모르고 또 어리기까지 하니……. 그런데 이렇게 든든한 동갑 친구가 생겼잖아. 같이 학교를 다닐 수 있는."

"친구…… 친구라."

키릭은 데일의 입에서 나온 친구라는 단어를 따라했다.

이 작은 친구는 자신에게 어떤 존재가 될 것인가.

그리고 왜 자신을 막아선 적들이 데일의 앞길에 나타났을까.

일단 공통점은 하나다. 로슈르 국립대학교.

그곳에 어떤 비밀이라도?

비밀이나 음모 따위가 있다고 하더라도 설명하기 힘든 무언가가 있다.

어쩌면 국립대학교 자체가 중심지가 아닐 수도.

만남.

롱 버트라는 기묘한 마법사로 대변되는 적의 무리는 이러한 만남을 꺼려 했을지도 모른다.

짧게 생각에 잠겼던 키릭은 약간 풀어진 눈을 빛내며 자신에게 술을 더 달라고 잔을 내미는 데일을 보고 저도 모르게 피식 웃는다.

* * *

책상다리 여관의 지붕.

새벽이 깊어 가는 난간 끝에 달빛을 머금은 먹구름이 걸려 눈물인지 빗물인지 모를 것들을 쏟아 낸다.

그리고 흐릿한 빛은 반대쪽 난간에 있는 두 개의 형체에 걸려 흩어진다.

두 그림자 중 하나는 오른팔 부위가 비어 있었고, 다른 하나는 머리로 여겨지는 부분이 꽤 크다.

장대비가 내리고 있건만 신기하게도, 보이지 않는 무언가 가 두 형체를 감싸고 있기에 빗물은 그들을 적시지 못했다.

"멋지군."

이 음성은 분명 비숍.

"처음 보자마자 저 무뚝뚝한 녀석의 환심을 얻어 내다니. 과연……."

그리고 그의 옆에 앉아 무료한 표정을 짓고 있는 이는 아 울이었다. 말더듬이 청년.

"전설에 따르면 지고한 일곱 존재 중 유일하게 다른 이 들과 다툼이 없던 존재였다고 하지. 그것은 비단 그들 사이 에서만 영향을 주던 능력은 아니었을 거야."

아울은 전혀 더듬거리지 않는 말투였다.

그렇다면…….

"왜."

"그간 데일을 알던, 또 지켜보던 모두가 그를 사랑하고 있으니까. 나 또한……."

씨익 웃는 아울의 얼굴에는 거짓이 담겨 있지 않았다. 하지만 그 웃음은 왠지 어색하기만 하다.

"폰. 너는 우리들 중 가장 감정이 없는 피스가 아닌가."

"그러니까. 물론 저 아이를 제외하고 다른 어떤 인간들도, 자연물도 내겐 감흥을 주지 못하는 건 여전해."

비숍은 의외라는 얼굴로 아울, 아니, 폰을 쳐다보았다.

"어쩌면 신성한 존재보다 더욱 자린의 오른쪽 자리에 어울리는 이는 총명한 존재가 아닐까. 아, 미안. 너를 불쾌하게 할 생각은 아니었다."

'오른쪽'이란 말을 뱉고 괜히 비숍에게 사과하는 척하는 폰이었다.

당연히 미안하다는 감정 따위는 없었다.

"불쾌하긴. 오히려 다행이라 여긴다. 마스터 디록의 자비심이 아니었다면 떨어진 것은 내 머리였을 테니."

"다섯 코치 중, 하필이면 디록에게 네가 접근했었던 것이 불운이었다고 생각해."

다섯 명의 코치.

슈네인과 디록, 그리고 나머지 세 사람.

그들 중 둘은 적극적으로 이들에게 협력했고, 먼 곳에 있는 다른 한 명은 방관자로 남길 원했지만, 크게 협조를 거부하지는 않았다.

그리고 슈네인.

스스로 피스들의 주인에게 코치로서의 중임을 제안한 자.

어떻게 자신들의 존재를 알았는지, 왜 다가왔는지 주인을 제외하곤 누구도 모른다.

또한 그 능력과 속을 알 수 없어 더욱 믿음이 가지 않는 남자.

마지막으로 두려움 그 자체였던 북부의 영웅 마스터 디록.

디록의 경우 직접 이들의 주인이 그를 찾아가 맹약을 받아 냈다.

이후 디록은 피를 나눈 약속의 당사자인 주인을 제외하고, 누구의 접근도 허용치 않겠다고 말했다.

만일 가까이 온다면 즉시 죽음을 내리겠다고 선언하기까지.

물론 디록은 자신의 말을 지키지 않았다. 비숍의 목숨을 살려 주었으니.

"나이트가 죽었다지? 작년쯤."

나이트는 또 다른 아이, 루산을 지켜보던 피스.

"나도 퀸을 통해서 들었다. 안타까웠어."

비숍이 침울해진 음성으로 답했다.

"제렌 디스의 첫 목표가 차가운 아이였군. 나이트, 그 친구로서는 목숨을 버릴 가치가 있었을 거야, 당연히 그랬어야 했겠지. 한데 대체 언제 깨어나서 또 언제부터 준비했던 것일까. 도저히 알 수 없군. 설명을 해야 할 나이트가 죽었으니."

"놈들은 강했어, 우리가 알고 있는 것보다. 녹터널 헌터들이 제렌 디스들의 동면 이후로 이처럼 전면에 나선 적도 처음이고. 그리고 난…… 롱 버트의 환영을 보았다."

비숍이 힘없이 입을 열었다.

"그래? 옛 사서에 기록된 것처럼 잘생겼던가?"

비숍은 폰의 물음이 그저 농담처럼 들리지 않았다.

"놈은 자신의 은총을 블랙 미디엄에 담아 이번 습격을 주도한 자에게 내려 주었어. 겨우 그 정도로도 엄청난 마력을 뿜어내더군. 롱 버트가 깨어나 움직였으니 놈들이 우릴 농락할 정도로 강해졌다는 것도 말이 되지."

"……"

갑자기 폰이 침묵했다.

"왜?"

"커맨더 모로에게서 연락이 끊겼다. 너와 방패의 주인을 따르던 스타비챠들도."

비숍도 폰도 그들의 운명이 어떻게 되었을지 충분히 알 수 있었다.

어둠의 자식들이 가장 귀중하게 여기는 시간인, 밤을 빼앗기 위해 장렬히 싸우다 자린의 품으로 돌아갔을 것이다.

"결국 주인께서 옳았군."

"그래서 우리가 서두르는 것 아닌가. 아이들의 능력이 무르익지 않았음에도 불구하고."

"내가 봤을 땐……."

폰이 말끝을 흐렸다.

"지금도 충분해. 적어도 데일만큼은."

"어련하시겠나."

"아무튼 이제 들어가자고. 저 아이들에게 우리가 모르는 다른 능력들이 잠재해 있을지 몰라."

"그래. 나중에 보자."

"아, 그거 알아?"

폰이 비숍에게 다시 말을 걸었다.

"이 도시, 하르실라. 그 이름의 유래."

비숍은 무슨 말을 하냐는 듯 말없이 폰을 쳐다보기만 했다.

"북부인들이 믿는 신화의 정점인 윙락. 그의 수많은 자녀들 중 하나인 불의 정령이 바로 하르실라지. 전쟁 중 건설했던 다목적 요새의 이름에 북부인들이 섬기는 정령의 이름을 달아 주어 그들의 신앙심을 농락했다더군. 지금은 그 이름 그대로 계획도시가 되었지만."

"그런데?"

"그냥 불길해서. 불을 상징하는 하르실라……. 실제로

북부 신화에는 하르실라가 남부로 내려가 얼음을 녹여 마왕의 잠을 깨운 내용이 나와. 분노한 마왕이 세상을 혼돈으로 뒤덮었을 때 북부의 정령들은 그저 떨기만 했었고."

"무슨 말이 하고 싶지?"

비숍은 약간 짜증이 섞인 말투로 물었다.

"금기를 범한다는 것. 주어진 이름에는 큰 힘이 있지. 하필 이럴 때, 남부의 얼음이 녹아 제렌 디스들이 눈을 떴을 때, 우리가 하르실라에 있다는 사실이 무척이나 공교롭지 않은가."

"헛소리 그만하지."

"하르실라는 마왕에게 범해져 수많은 악의 씨앗들을 세상에 내놓았다고 해. 우리가 익히 아는 '타락'도 그 씨앗들 중 하나고. 순진한 이 나라의 농민들이 보면 하르실라야말로 세상에서 가장 타락한 공간이라네."

"짜증나는군."

비숍이 몸을 휙 돌려 버렸다.

"비숍, 하나만 더 기억해. 사람들의 입에 오르내리는 이름에는 기이한 힘이 깃들어 있어. 그리고 언젠가는 이름값을 하게 되지. 그저 내 노파심이라고 생각해도 돼. 하지만 절대 경계를 늦추지 말도록."

비숍의 모습이 먼저 흐려졌다. 그리고 잠시 후 그가 있던 공간을 빗물이 세차게 덮었다.

"총명한 데일. 네가…… 너의 손으로 전설을 거머쥘 날을 기다리마."

폰이 다시 웃음을 지었다.

이번에는 가식이 아닌 진심 어린 마음을 담아서.

〈『라 자린』 제2권에서 계속〉

라
자
린

1판 1쇄 찍음 2014년 2월 5일
1판 1쇄 펴냄 2014년 2월 10일

지은이 | 거　해
펴낸이 | 정　필
펴낸곳 | 도서출판 **뿔미디어**

편집장 | 이재권
기획 · 편집 | 윤영상
편집디자인 | 이진선

출판등록 | 2002년 9월 11일 (제1081-1-132호)
주소 | 경기도 부천시 원미구 상동로 117번길 49(상동) 503호 (우)420-861
전화 | 032)651-6513 / 팩스 032)651-6094
E-mail | bbulmedia@hanmail.net
홈페이지 | http://bbulmedia.com

값 8,000원

ISBN 979-11-7003-236-6 04810
ISBN 979-11-7003-235-9 04810 (세트)